红宅谜案
The Red House Mystery

［英］A. A. 米尔恩 著

曹 烨 译

世界经典
推理文库 4

人民文学出版社

A. A. Milne
The Red House Mystery

Simplified Chinese edition copyright © 2017
by Shanghai 99 Readers' Culture Co., Ltd.
All rights reserved.

图书在版编目(CIP)数据

红宅谜案/(英)A.A.米尔恩著;曹烨译.
—北京:人民文学出版社,2017
(世界经典推理文库)
ISBN 978-7-02-012312-4

Ⅰ.①红… Ⅱ.①A… ②曹… Ⅲ.①推理小说-英国
-现代 Ⅳ.①I561.45

中国版本图书馆 CIP 数据核字(2017)第 022290 号

责任编辑:甘 慧 张玉贞
封面设计:高静芳
封面插图:杨 猛

出版发行　人民文学出版社
社　　址　北京市朝内大街166号
邮政编码　100705
网　　址　http://www.rw-cn.com

印　　刷　山东临沂新华印刷物流集团
经　　销　全国新华书店等

开　　本　890毫米×1240毫米　1/32
印　　张　7.75
字　　数　160千字
版　　次　2017年5月北京第1版
印　　次　2017年5月第1次印刷

书　　号　978-7-02-012312-4
定　　价　35.00元

如有印装质量问题,请与本社图书销售中心调换。电话:010-65233595

●目 录

1	第一章	史蒂文斯太太吓坏了
12	第二章	吉林汉姆先生坐错了站
24	第三章	两个男人和一具尸体
33	第四章	来自澳大利亚的兄弟
45	第五章	吉林汉姆先生的新职业
56	第六章	里面,还是外面?
66	第七章	绅士的画像
76	第八章	"华生,你要一起来吗?"
89	第九章	打一场槌球比赛吧
101	第十章	吉林汉姆先生说胡话
112	第十一章	西奥多·厄舍尔神父
122	第十二章	墙上的阴影
131	第十三章	打开的窗子
142	第十四章	贝弗利先生是个好演员
153	第十五章	诺伯莉夫人向吉林汉姆先生倾诉衷肠
165	第十六章	为晚上的行动做好准备
177	第十七章	贝弗利先生下水
194	第十八章	猜测
204	第十九章	审讯

216　第二十章　机智的贝弗利先生
224　第二十一章　凯莱的自白书
238　第二十二章　贝弗利先生继续向前

第一章　史蒂文斯太太吓坏了

在热浪灼灼的夏日午后,红宅似乎都有些昏昏欲睡。蜜蜂们在花丛中慵懒地低吟;榆树顶上,鸽子们咕咕叫着,声音温婉。在远处的草坪上,割草机传来一阵静谧的嗡嗡声;相较之下,乡间弥漫的其他天籁之声都愈显嘈杂。在这一刻,即便是那些以服务他人谋生的人士也能获得属于自己的片刻安宁。在管家房间内,靓丽的客厅女侍奥黛丽·史蒂文斯一边把玩着自己最漂亮的帽子,一边和自己的姑妈——同时也是单身汉马克·阿博莱特先生聘请的厨娘——有一搭没一搭地闲聊。

"戴给乔看的?"史蒂文斯太太盯着帽子,平静地问道。奥黛丽点点头。她从嘴里摸出一个别针,在帽子上选了了合适的位置别上,说道:"他喜欢饰物带那么一点点粉色。"

"我又没说粉色不好,"她的姑妈说道,"又不是只有乔·特纳才喜欢粉色。"

"不是每个人都会中意粉色,"奥黛丽伸直了手臂,若有所思地打量着帽子,"看上去挺时髦的,是不是?"

"哦,你戴上正合适,如果我在你这岁数,戴上应该也挺合适。现在可不成,虽然我比其他人穿得更讲究,但这颜色配我显得太花哨。在年龄方面我可从来不弄虚作假,我今年五十五岁,对外宣称也是五十五岁。"

"可你不是已经五十八了么,姑妈?"

"我只是给你举个例子而已。"史蒂文斯太太颇显尊严地说道。

奥黛丽熟练地穿好针线,伸出手颇为仔细地审视着自己的指甲,然后开始运针。

"跟你说点有关马克先生的哥哥的趣事儿吧。设想你有十五年没有见到过自己的哥哥会怎样,"她自顾自地笑了笑,手上的活计却没停下,"很难想象如果我有十五年没有见到乔,会是什么样子。"

"我早上就跟你说了。我来这儿已经五年了,从来就没听说过马克先生还有个什么哥哥。就算明天我要死了我也会对任何人这么说。我在这儿的时候,根本就没见过他的什么兄弟。"

"今天早上吃早餐,他跟咱们提到他哥哥的时候,你不知道我有多吃惊——你甚至都能用一根羽毛把我捅倒。当然,在我来之前他说了什么我不知情,但我进去的时候他们正在讨论这位哥哥。当时我进去干什么来着——是送热牛奶,还是面包?——反正他们叽叽喳喳聊个不停。后来马克先生转过身来对我说——你也知道他说话时候的那副腔调——他说:'史蒂文斯,我哥哥今天下午要来看我,大概三点到,你带他到我的办公室转转。'他大概就是这么说的。我当然要故作平静地回答'是的,先生',

但我这辈子也没那么惊讶过,我根本不知道他还有个哥哥。他又说:'我哥哥从澳大利亚来。'啊,对了,我刚才忘了说,他哥哥是从澳大利亚过来的。"

"嗯,也许他真的是从澳大利亚来,"史蒂文斯太太想了想,说道,"但这点我也不好下定论,毕竟我从没听说过澳大利亚这么个国家。不过我敢断定他从没来过这儿。至少在我来这儿之后,他从没来过。这可是整整五年。"

"嗯,但是姑妈,他好像有十五年没有回来过了。'十五年。'我听马克先生是这么跟凯莱先生说的。凯莱先生问他:'你哥哥是什么时候离开英国的?'我听凯莱先生对贝弗利先生说,他知道马克先生有这么个哥哥,但是他不知道这位哥哥是什么时候离开的。您瞧,所以他要问马克先生。"

"我可不知道过去十五年的事,奥黛丽,我只能告诉你我所知道的事儿,那是从五年前的圣灵降临节开始的。我可以发誓,从那以后,马克先生的哥哥从没在这幢屋子里出现过。如果像你说的那样,他去了澳大利亚,那我想其中自有原因。"

"什么原因呢?"奥黛丽轻声问道。

"咱们就别管是什么原因了。奥黛丽,你可怜的母亲走得早,在这里我想以妈妈的身份奉劝你几句:一位绅士背井离乡去了澳大利亚,肯定有他自己的原因。如果他真的像马克先生所说,在澳大利亚待了十五年;或者据我所知至少有五年的话,也肯定有他自己的原因。作为一个受过体面教养的女孩,最好还是不要刨根问底。"

"估计是惹上了什么麻烦,"奥黛丽粗枝大叶地说,"早餐的时候他们就说,马克先生的这个兄弟可不是个省油的灯。可能是欠了一屁股债。我很庆幸乔不是这样的人。他在储蓄银行上班,拿十五镑钱的工资。这事儿我向您提过吧?"

但在这天下午,有关乔·特纳的谈话也就到此为止了。门铃一响,奥黛丽就马不停蹄地忙了起来——现在不该叫她奥黛丽,改称她为史蒂文斯。她把帽子放到了玻璃窗前面。

"那儿,站在前门的那个,"她说道,"就是他。马克先生对我说过,'带他去我的办公室转转。'我猜其实他不想让其他什么人看见他哥哥。实际上他们都出去打高尔夫了。不知道这位新来的先生打不打算长住,没准儿他从澳大利亚带回不少黄金,我也许听说过一些有关澳大利亚的事;因为如果有能在那儿找到黄金,换作是我也不会说。但是我和乔……"

"好啦,好啦,接着干活儿,奥黛丽。"

"接着干,亲爱的。"她说着,出去了。

对于沐浴在八月的阳光下,沿着小径走向红宅的人来说,开敞的大门正向他展示着一座窗明几净的厅堂,即使瞥上一眼也让人倍感凉爽:门厅上方是低矮宽大的屋顶,橡木为梁;墙刷成奶黄色;格窗耀眼,如同钻石般闪闪发亮;蓝色窗帘垂在两侧。左右两侧的门直通起居室;正对着大门的方向又是一排窗户,俯瞰着一个小花园,空气在窗间轻轻流动。楼梯沿着右侧墙边拾级而上,台阶宽平且低矮,然后折向左面,穿过一条与门厅等宽的长廊,供客人留宿的卧室就近在眼前。但罗伯特·阿博莱特是否要留在这里过夜,尚且无人知晓。

奥黛丽穿过门厅的时候,突然发现凯莱先生正安安静静地坐在窗下读书,这可让她着实吓了一跳。其实凯莱先生完全有理由待在这里——毕竟在这种天气里,门厅比高尔夫球场要凉爽许多。不过,整个下午,红宅都浸泡在一种空荡的气氛中,好像所有客人都去外面消遣了;即便有人要留下,最明智的选择似乎也应该是在楼上的卧室里睡大觉。作为雇主的表兄弟,凯莱先生的出现确实有些出人意料。稍稍受到惊吓的奥黛丽发出一声轻轻的惊叫,羞红了脸。她说道:"啊,请您原谅,先生,我刚才没有注意到您。"凯莱先生将目光从书页上抬起,冲她笑笑——他那张又大又丑的脸上悬挂出一个迷人的微笑。

"凯莱先生真是一位体贴的绅士啊!"她边走边想。她依稀感到,要是没有这位表兄弟雇主肯定会方寸大乱。打个比方,如果马克先生打算把他哥哥封装到箱子里扔回澳大利亚,那么负责打包的人肯定会是凯莱先生。

这时一位来访者闯入了奥德莉的视野中。"这一定就是罗伯特先生了。"她暗自思忖道。

后来她告诉姑妈说,自己好像早就在什么地方认识过马克先生的兄弟了,但是又不大确定。实际上她还有点感到惊讶。罗伯特·阿博莱特就像是马克先生的短小精悍版:他蓄着精心修剪过的卷须,下巴颏上还悬着尖尖的山羊胡。一双眼睛精锐有神,目光不断地在别人身上逡巡。当他讲到什么趣事的时候,身边的人都会被他的微笑所吸引;在他安静地等待自己发话的时机时,脸上又总会带着一种期待的表情。他和那些容貌粗陋,不修边幅的殖民地居民不同,正用着那种自诩高明的眼光审视她。

"我要见马克·阿博莱特先生。"他声音带着咆哮,听上去更有威胁的意味。

奥黛丽迅速恢复常态,挤出一个善解人意的微笑。实际上她对任何人都这样微笑。

"好的,先生。家主正在等您,请您跟我来。"

"哦!所以你知道我是谁,对吗?"

"冒昧猜测一下,您是罗伯特·阿博莱特先生?"

"嗯,没错。所以他一直在等我,是吗?他说他会很高兴见到我,对吗?"

"请您随我来,先生。"奥黛丽正色道。

她走向右侧的第二个房间,打开房门。

"这位先生已经到啦,罗伯特·阿博……"她开了口,却又生生截住了。房间内空无一人。她转过身,对身后的男人说:"如果您不介意,先生,请您先安坐,我去通知家主。我知道他一定还在宅中,因为他曾特意嘱咐我您下午要来。"

"哦!"罗伯特环视着房间,"你们管这个房间叫什么,嗯?"

"这里是办公室,先生。"

"办公室?"

"家主在这里处理工作上的事宜,先生。"

"工作,是吗?太阳真从西边出来了。我还真不知道他这辈子干过什么正经像样的工作呢。"

"家主在这里写作,先生。"奥黛丽不卑不亢地回答。马克先生的"写作",是让管家房间蓬荜生辉的事,尽管没人知道他在写些什么。

"看来是还没有为会面穿戴整齐,哈?"

"我会通知家主您在这里等候的,先生。"奥黛丽果断地说。

她关上房门,将客人独自留在了房间中。

嗯!看来再见到姑妈的时候又有谈资了!她的脑子飞快地运转了起来,把自己和罗伯特相互交谈的话语又飞快地回忆了一遍,就好比"我对自己说,我还真就面对面地见到了他"诸如此类的话。为什么奥黛丽会这样?这时候你简直能用一根羽毛把她捅倒:看来对羽毛的不设防确实是奥黛丽一直以来的软肋。

不过,当务之急还是去寻找家主。奥黛丽穿过门厅走向书房,往里面瞄了一眼,又略带狐疑地走了回来,疑惑地站在凯莱先生面前。

"如果您不介意的话,先生,"她恭恭敬敬地低声问道,"你能否告诉我主人去哪儿了吗?罗伯特先生正要见他。"

"什么?"凯莱先生从书页中抬起头来,"你说谁?"

奥黛丽又将自己的疑问复述了一遍。

"我也不知道家主在哪儿。他不在办公室吗?他在午餐后去了'圣堂',我想从那之后我就没有再见过他。"

"多谢您了,先生。我这就去'圣堂'看看。"

凯莱又将目光移回书页上。

所谓的"圣堂"其实是坐落于红宅后花园内的一座砖砌的避

暑室,离红宅这边大概有三百码①远。有时候马克会在这里深思之后来到"办公室",将自己的思考所得记录在纸张上面。其实,他的深思结果大多一文不值,马克更喜欢把他胡思乱想的结果充作餐桌上的谈资,而不是记录在纸上,更不屑说打印出来。不过,虽然"圣堂"更像是用于男女调情、吞云吐雾的遮羞所,但如果有访客敢对其等闲视之,红宅的主人也会大感光火。曾经有两个客人在"圣堂"之中大打墙手球②,虽然那次马克先生对此不置可否,甚至连"你们怎么不去找个别的地方玩"之类的责难的话也没说,但这两名不知趣的客人从此再也没上过红宅的邀请名单。

奥黛丽慢慢走近"圣堂",向里面张望几眼,又慢慢地退了出来。看来这次也是白跑一趟。可能主人正在楼上的房间里,正像罗伯特揶揄的那样,"还没有为会面穿戴整齐"。好吧,姑妈,试想一下主人脖子周围挂着红色的围涎,脚上趿拉着尘土飞扬的大靴子在会客室会见宾客的场景,那可真够瞧的。——听!一声枪响,肯定是某位男宾正在猎野兔。姑妈总是对小兔子情有独钟,不过加点洋葱酱味道就更好了。这么热的天气里,她总是想喝茶想得要命。好吧,至少有一件事能够确定了,罗伯特先生没有随身带着什么行李,估计不会在红宅过夜。当然马克先生肯定不吝于借给他一些生活用品,毕竟他的衣服很多,足够把半打

---

① 英制长度单位,美制码等于0.9144米,在英国,则1码等于保存在威斯敏斯特商务部标准局的青铜棒两个金塞子上横线标记之间的距离(在62°F时),缩写为yd。
② 以手对墙击球的一种球类运动。

人裹得严严实实。不过她依旧觉得在什么地方见过马克先生的哥哥。

她返回红宅,在她走在通往门厅的路上经过管家间的时候,房门突然打开了,探出了一张惊恐至极的脸。

"嗨,奥德①,"艾尔熙说道,"是奥黛丽。"她回过头,冲屋子里喊了一句。

"进来吧,奥黛丽。"史蒂文斯夫人招呼道。

"出什么事儿了?"奥黛丽盯着房门问道。

"哦,亲爱的,你吓了我一跳。你去哪儿了?"

"去了'圣堂'。"

"有没有听到什么怪声?"

"什么怪声?"

"巨大的响声,爆炸声,真可怕。"

"哦,"奥黛丽如释重负地说,"有个客人正在猎兔子。我来的时候还心想'姑妈最喜欢小兔子了',所以我也没觉得有多吃惊。"

"猎兔子!"她的姑妈轻蔑地说,"傻丫头,那声巨响是从宅子里传出来的。"

"确实是这么回事,"艾尔熙插嘴道,她也是女佣之一,"我就是这么跟史蒂文斯太太说的,是不是,史蒂文斯太太?我当时跟你说:'声音是从宅子里传来的。'"

---

① 奥黛丽的昵称。

奥黛丽看了看姑妈，又看了看艾尔熙。

"你们说他是不是带着左轮手枪来的？"奥黛丽压低了声音。

"谁？"艾尔熙激动地问。

"马克先生那个从澳大利亚来的哥哥。我一见到他就对他说，'你可真不像个好人'。我就是这么说的，艾尔熙，甚至还没等他开口。他可真是个粗野的家伙，"她又转向她的姑妈，"我向您保证，句句属实。"

"奥黛丽，如果你还记得，我一直教育你不要对那个澳大利亚人说三道四，"史蒂文斯太太倒在躺椅上，呼吸急促地说道，"就算有人付给我十万英镑，我也不会离开这间屋子。"

"哦，史蒂文斯太太，"艾尔熙接口道，她倒是正赶在缺钱的当口，急需五先令去买一双新鞋，"我倒是不会像您这么绝对，不过——"

"快听！那边儿！"史蒂文斯太太猛然坐直了身体，尖声大叫道。她们略带焦急地聆听着，两位女孩不约而同地向老妇的椅子靠了过去。

她们听到有扇房门正咔咔作响，像是有什么人在疯狂地摇着门，还用脚踹。

"仔细听！"

奥黛丽和艾尔熙面面相觑，交换了一个惊惧的眼神。

她们听到了一个男人亮如洪钟、气急败坏的声音。

"快开门！"男人叫喊的声音仍在持续，"把门打开！我说，赶快开门！"

"千万别开那门!"史蒂文斯太太惊慌地说,好像那人正在敲打她们的房门似的,"奥黛丽!艾尔熙!别让他进来!"

"该死的,快点开门!"男人的声音再度响起。

"我们就要让人杀死在自己的床上了。"史蒂文斯太太惊惧不已,战栗着说。

两个女孩抱成一团,双臂死死地环住对方。史蒂文斯太太呆若木鸡地坐在原地,等待着厄运的降临。

第二章　吉林汉姆先生坐错了站

马克·阿博莱特到底是不是个讨厌鬼，这就要取决于你从哪个角度来看了；当他谈起自己的早年生活的时候，他的同伴们倒是总能听得津津有味。不过，他的故事早就传开了，大家或多或少都知道一些。据他描述，他的父亲曾经在乡下当过牧师；而自己在幼年时期就受到邻家一名富有的老处女的青睐，并在对方的资助下完成了教育，从入校启蒙到大学毕业，可谓一帆风顺。就在马克完成学业，离开剑桥的时候，他的父亲去世了。就像为家人长鸣警钟一般，父亲留下了几笔未结的债务；与此同时，也留下了施恩布道的好声誉，给他的继任者做足了好榜样。然而，无论是警告还是榜样，效果似乎都差了那么一些。马克从老处女那里领了一笔钱，跑到伦敦求发展，据大家所说，一来二去，他就勾上了几个靠放债为生的人。不过据他的资助人和别的老相识所说，马克似乎一直靠"写作"维持生计；但若是问到他具体写了些什么，除了那些催人寄钱的信件之外，似乎又有些乏善可陈。尽管如此，他还是会定期光顾剧院和音乐厅，毫无疑问，他一定是站在"观众"的角度对颓废低迷的英国戏剧口诛笔伐，再写出几篇聊以充数的批判性文章罢了。

马克在伦敦住了三年,却接到一个喜讯(自然是从马克的角度来说)——他的资助人去世了,却把遗产全都留给了他。从那一刻起,他的生活蜕掉了一切足以成为"传奇"的属性,纵身一跃变成了"历史"。他还清了欠账,甚至翻身做了主人,摇身一变成了别人的资助人。他开始投钱资助艺术创作,高利贷者发现马克·阿博莱特不再写信要钱了,以往接受马克投稿的编辑们也常常会收到免费投稿,甚至还有免费午餐的邀请;出版商们时不时地要帮他出版一些袖珍版的著作,但马克自己会承担所有的相关费用,而且从不提版税;他还经常邀请年轻有为的画家和诗人共进晚餐;甚至还带领剧团展开巡回演出,四处做东,大兴铺张奢华之风,争为人先。

他并非大部分人口中所说的"势利小人",因为粗略说来,"势利小人"已经被定义为热衷于老爷做派的偏执狂;如果要下个比较严格的定义的话,马克的"势力"更近似于一毛不拔——毕竟第一种定义对那些袭爵的贵族老爷们来说有些不够友好。毫无疑问,马克是个爱慕虚荣的人,但如果有一名演员经理和一位伯爵同时需要他来接见的话,他会毫不犹豫地选择前者,然后向对方大谈自己与但丁的友谊——自然是指神交——而不是喋喋不休地浮夸自己和某位公爵的交情。他虽然是个势利小人,但绝不是最下三烂的那种。他确实钻营攀附,但却对社会上的趋炎附势不感兴趣,反而对艺术曲意逢迎;他确实是个攀登者,但让他念念不忘的不是征服险峻的黑山,而是到帕尔那索斯山巅朝圣①。

当然，马克的慷慨也绝不仅仅限于对文艺的赞助，也包括资助他年近十三岁的小表弟，马修·凯莱。马修·凯莱早年的境遇与马克简直如出一辙，亟待资助者的拯救。马克出资供小表弟凯莱求学，又将他送进了剑桥深造。毫无疑问，马克最初的动机并没有牵扯到什么俗念，只是为了偿还他在幼年时接受的慷慨救济所欠下的人情账，好踏踏实实、名正言顺地上天堂；但随着这男孩一天天长大，马克可能就打起了自己的小算盘；他可能要依据自己的利益为表弟设计一个未来，而非因材施教；当马修·凯莱出落成一个二十三岁的、受过良好教育的小伙子时，马克觉得他是对自己这类人非常有用的财产——而他这类人，就是那种为了追慕虚荣无暇他顾的人。

于是，二十三岁的凯莱就成了大表兄的管家。这时马克已经买下了红宅及其周边的一大片土地，凯莱则负责监督那些必要的工作人员。其实需要他料理的事情非常多，他既是秘书，又是地产经纪人；既称得上是商业顾问，又算得上是合伙人，身兼四职。马克十分倚重他，在不得已称其为"马修"先生的环境之外，总是亲切地称他为"凯"。在马克看来，凯莱是个忠实可靠的家伙：他身形健硕，又懂得埋头苦干，多做事，少扯淡。对于一个倾向于掌握话语主动权的雇主来说，这是一种多么可贵的品

---

① 帕尔那索斯山（Parnassus）是希腊的一座高山，在福基斯境内，名字来自海神波塞冬和一个仙女所生的儿子。此山是阿波罗、缪斯、狄俄尼索斯的圣山，是诗歌的源泉。在《神曲·天堂篇》中亦有提及。此处引用是为了表现马克先生对于诗歌艺术的狂热。

质啊。

凯莱今年二十八岁,却长出一副年近不惑的样子来,看上去倒和马克差不多大。他们时不时地会在红宅大宴宾客,说是"仁慈"也好,"虚荣"也罢,总之,马克总是偏爱邀请那些没有能力做出同等级别回请的客人。现在他们正准备用早饭,我们正好借此机会好好瞧瞧他们。当然客厅女侍史蒂文斯夫人已经为我们做出了一些简短的描述。

首先出场的是朗博尔德少校,他身材高挑,灰发灰须,沉默寡言,身着诺福克外套和灰色的法兰绒长裤。他靠退休金维持生活开销,还会为报纸写一些关于自然历史的文章。他审视着边桌上的食物,谨慎地选了一碟鸡蛋葱豆饭,凝神对付。他又取了一份香肠,这时候第二位客人也到了。这位客人是比尔·贝弗利,他身穿运动衫和白色法兰绒裤,显得精神奕奕。

"您好啊,少校,"他边进来边招呼道,"痛风有好转了吗?"

"我得的不是痛风!"少校愤愤地应道。

"好吧,管它是什么呢!"

少校冷哼一声。

"在早餐时保持礼貌有节是我一贯的坚持,"比尔给自己盛了一大勺麦片粥,"但大多数人还是太粗鲁了。所以我才想到要问候你一下。但如果这是个人隐私的话,就不用告诉我了。需要咖啡吗?"他给自己倒了一杯咖啡,补充道。

"不,谢谢了。我在进餐结束之前从不喝东西。"

"这就对了,少校。当然我只是出于礼节问一下,"他坐在少校的对面,"哈,今天这天气还真适合打球。虽然等下会变得很热,但这也是我和贝蒂大显身手的好机会。在第五洞,你那1943年国境冲突时留下的旧伤就会开始折磨你;在第八洞,你那长年受咖喱粉摧残的老心肝准得裂成碎片;在第十二洞……"

"哦,闭嘴吧,混蛋。"

"好吧,我只是想给你提个醒。您好,早啊,诺里斯小姐。我刚刚还在和少校说今天上午您会和他发生什么事。您需要我的帮助吗?还是您准备自己挑选早餐?"

"您可千万别起身,"诺里斯小姐说道,"我自己来就好。早上好,少校。"她彬彬有礼地微笑道。少校点了点头。

"早上好,天可真热。"

"正像我之前和他说的,"比尔开口道,"大显身手的时……你好,贝蒂过来了。早上好啊,凯莱。"

贝蒂·卡勒汀是和凯莱一起过来的。贝蒂是已故画家约翰·卡勒汀遗孀的女儿,今年十八岁,在设宴款待宾朋的场合中,总是作为马克家的女主人登场。露丝·诺里斯一直坚称自己是"女演员",在节假日的时候,又是"顶级的高尔夫选手"。无论当演员还是打高尔夫,诺里斯都是个中高手,舞台艺术协会和三维治高尔夫俱乐部都难不倒她。

"顺便提一句,车十点半到,"凯莱的视线离开手中的信,说道,"你们在这里吃午饭,然后直接开车过去。有什么问题吗?"

"为什么我们不能在这儿打两杆?"比尔满怀希望地说。

"下午气温会相当高,"少校说道,"那时候回来舒舒服服地喝杯茶多好。"

马克走了进来。他通常都是最后一个到。他向大家报以问候，在面包和茶具旁边坐下。他一向不吃早餐，细细地读起了信，其他人则小声交谈着。

"我的天哪！"马克忽然惊呼道。

所有人都本能地回头看着他。

"非常抱歉惊扰到您，诺里斯小姐。还有贝蒂，我很抱歉。"

诺里斯小姐微笑回应，以示谅解。她自己在排练的时候也经常会没来由地冒出这么一句。

"我说，凯，"马克兀自皱起了眉头，脸上带着几分气恼，几分疑惑。他举起信摇晃着，"你猜猜这信是从哪里来的？"

坐在餐桌另一端的凯莱茫然地耸耸肩，这怎么可能猜得出来？

"是罗伯特的信。"马克说道。

"罗伯特？"凯莱可是个宠辱不惊的人物，想让他吃惊可不大容易，"那又怎么了？"

"什么叫'那又怎么了'？"马克气呼呼地说，"他今天下午要过来！"

"我还以为他在澳大利亚，或者其他什么地方。"

"当然了，我也是这么以为的，"马克转过头对着博尔德问道，"您有兄弟吗，少校？"

"没有。"

"好，记住我的忠告！永远不要有！"

"就算现在想要，恐怕也太迟了。"少校淡淡说道。

比尔哈哈大笑。诺里斯小姐乖巧地问道："阿博莱特先生，您也没有兄弟吗？"

"我有一个，"马克冷冰冰地答道，"如果您下午能及时回来，说不定还会见到他。他还可能伸手向您讨五镑钱。"

听了这句话，所有人都有些不舒服。

"我有个兄弟，"比尔颇有助益地说，"但我总是向他借钱。"

"您就和罗伯特一样。"马克说道。

"他什么时候离开英国的？"凯莱问道。

"大概十五年前吧。那时候你还是个孩子呢。"

"对，我还记得我曾经见过他一面。但我不知道从那之后他回来过没有。"

"没有，至少我没听说过他回来过。"马克又去读那封信，情绪还是有些惴惴不安。

"个人观点，"比尔说道，"我觉得亲戚关系让人很头疼。"

"尽管如此，"贝蒂大着胆子附和道，"家里有些小秘密还是蛮有趣的。"

马克抬起头，眉头紧锁。

"贝蒂，如果你觉得这是个蛮有趣的事情，我就把他扔给你了。如果他还是老样子，就像他那屈指可数的几封信中所写的那样——凯知道的！"

凯莱嗫嚅道："我只知道大家都不大愿意提起他。"

可能是在暗示客人不要太过好奇、刨根问底，也可能是在提醒客人们不要在陌生人面前毫无顾忌，既然凯莱是用一种平铺直叙、陈述事实的语气道出，大家也就都识相地换了频道，转而讨论更加有趣的四人高尔夫对抗赛。卡勒汀夫人负责将选手们送至球场，顺路和居住在球场附近的老友共进午餐。马克和凯莱留在家中处理一些事宜，显然这位突然冒出来的浪子哥哥也包括在这些"事宜"之中，不过这也不能影响客人们打高尔夫的好兴致。

正当少校（出于某种原因）为第十六杆开球，而马克和表弟在红宅处理相关"事宜"的同时，一位名叫安东尼·吉林汉姆的优雅绅士正把车票递给伍德汉姆站的检票员，并询问前往村郊的路径。在得到确切的指引后，他把提包交给了站长，从容不迫地走开了。他可是这故事中的重要人物，故而出场之前的一番介绍还是很有必要的。那么就让我们找个由头把他拦在台上，好好认识认识他。

他给我们的第一印象就是：这个家伙远比看上去的要复杂得多——头发剪得一丝不苟，胡子剃得干干净净，这种整洁的做派往往会让我们联想到海军。他有一双灰色的瞳孔，仿佛能看穿人身上的每一处细节。对于陌生人来说，这副尊荣可能会提起你的戒心；但当你和他真正地熟络起来，就知道他通常都是处于一副心不在焉的状态：眼神倒是满怀警惕，不过思绪早就溜达到了其他什么地方。当然，许多人做不到这一点，比方说他们在跟一个人谈话的时候却想听另一个人在说些什么，尽管嘴和耳朵可以，但眼神却露了馅儿。安东尼则完全具备这个能力。

他的双眼已经饱尝了世间的风景，但他并不是什么经验丰富的水手。在他二十一岁那年继承了母亲的一笔财产，每年能拿到四百镑。正在翻阅《股票投资者》的父亲老吉林汉姆从报纸间抬起头，问儿子将来有什么打算。

"环游世界。"安东尼如是说。

"好啊，等你到了美国，或者其他什么地方，记得发封短信给我。"

"没问题。"安东尼欣然答道。

老吉林汉姆继续翻起了报纸。虽然安东尼是家中的小儿子，但总体说来，父亲倒是对其他"某些"家庭的小儿子更感兴趣，比如"冠军伯基"，而后者是他养殖过的最棒的赫里福德公牛。

然而安东尼却从没想过要离开伦敦，更不屑说那些更遥远的地方。他所说的周游世界，并不是身赴一个又一个不同的国家，而是从不同的角度，去看看不同的人而已。只要你掌握了正确的挖掘方法，伦敦的形形色色的人物就已经够瞧的了。于是，安东尼从各种匪夷所思的角度，尽情地观察他们——他有时扮作男仆，有时是报纸通讯员，有时是餐厅侍者，有时又变成了商店售货员。反正每年有四百镑的资金可供役使，他也乐得清闲。他频繁地更换工作，只要不想干了，他就找到雇主，将自己的动机明明白白地叙述一遍（当然也不用顾忌雇主和雇员之间的礼节），就能顺理成章地离职。要找份新工作对他来说也不难。虽然他既没有工作经验，也没有什么证明材料，但他凭借自己的人格魅力，以及看似冒险的赌约般的条件——如"头一个月没有薪水，但如果第二个月老板满意就可以领双薪"——无往不利。他总是能顺利领到两份薪水。

他今年三十岁,来沃德海姆是为了度假,因为他喜欢在火车站观察形形色色的旅客。虽然车票的终点站一般要远得多,但他还是喜欢中途下车,来满足自己的小癖好。沃德海姆深深地吸引了他,而身边的行李车上放着手提箱,兜里又有钱,为什么不下来看看呢?

"乔治酒馆"的老板娘很高兴能接待安东尼,她答应下午让丈夫开车把他的行李取来:"我猜您准备用些午餐,对吗,先生?"

"是的,不过就别太费周章了。一些凉的食物就可以,不必麻烦。"

"想尝尝这里的牛肉吗,先生?"老板娘的语气就好像思虑再三后从成百上千道特色菜中做出选择一样。

"太棒了。我还要一品脱啤酒。"

吃过午饭,老板走进来,向他询问有关行李的事情。安东尼又点了一品脱啤酒说:"开一间乡间小店一定挺惬意的吧?"他说着,觉得自己又该去找份新工作了。

"先生,我可没觉得'惬意'。我们也就是混个温饱,结余其实不算多。"

"你应该去休个假了。"安东尼若有所思地看着老板说道。

"您这话可真有趣,"老板笑着回应道,"昨天,红宅的那位绅士也是这么说的。他还想取代我在这儿开店呢。"他嚯嚯嚯地笑着。

"红宅？该不会是斯坦顿的那座红宅吧？"

"没错，先生，就是沃德海姆的下一站，斯坦顿。红宅，也是阿博莱特先生的宅邸，就在一英里路之外。"

安东尼从口袋中抽出一封信，上面清楚地标记着"红宅，斯坦顿"，下面的落款为"比尔"。

"我的老比尔，"他喃喃自语道，"他倒是来了。"

两年前在一家烟草店工作的时候，安东尼曾经接待过比尔·贝弗利一次。比尔身上的一些特质，可能是他的青春和活力吸引了自己。比尔订下了一些香烟，还留下了送货地址。安东尼记得他送香烟去的时候在一间乡间小屋里碰到过贝弗利的姑妈。不久后，两人又在一家饭店里相遇。不过两人当时都穿着盛装，只不过安东尼是递餐巾的，比尔是用餐巾的。不过，他还是对比尔保留着非常良好的印象。于是在他"度假"——也就是没工作的时候，他通过两人共同的朋友安排了一场正式见面。当贝弗利想起前两次的巧遇经历时，他真的吃了一惊；然而尴尬很快就消散了，两人不久就成了亲密的朋友。每次比尔给安东尼写信的时候，总会亲切地称呼他"亲爱的疯子"。

于是乎，安东尼决定在午餐后到红宅去逛逛，顺便拜访自己的老朋友。他首先检查了一下自己的卧房，尽管与小说中那种飘荡着薰衣草香味的乡村酒店卧室尚有差距，但也算得上是干净舒适，于是他神清气爽地出发了。

在他沿着私人车道走向那栋红砖堆砌而成的宅墙时，蜜蜂们在花丛中慵懒地低吟；榆树顶上，鸽子们咕咕叫着，声音温婉。

在远处的草坪上,割草机传来一阵静谧的呼呼声;相较之下,乡间弥漫的其他天籁之声都愈显嘈乱……

门厅里,一个男人正用力敲打着一扇上锁的门,高声叫喊着:

"把门打开!我说!赶快开门!"

"你好啊!"安东尼面带惊愕地说。

第三章　两个男人和一具尸体

凯莱听到这突如其来的招呼声，四下张望。

"需要帮忙吗？"安东尼礼貌地问道。

"出大事儿了！"凯莱说着，呼吸急促，"我听到了枪声——总之听上去像是枪声——我正在图书馆，就听见了一声巨响——我不知道那声音到底是什么。现在这扇门又锁着。"他发狂般地拉扯着门把手，使劲摇晃。"快开门！"他厉声疾呼，"我说，马克，到底怎么了？快点开门！"

"但很明显他是故意将门反锁了，"安东尼说道，"所以你觉得一个故意给门上锁的人会听你的吩咐乖乖开门吗？"

凯莱迷惑不解地看着安东尼，然后还是将注意力再度转到门上。"看来我们必须破门而入了。"他一边说着，一边用肩膀抵住了门。

"帮帮我。"

"这房间应该有窗户吧？"

凯莱转过头，傻傻地看着他。

"窗户？什么窗户？"

"我只是觉得破窗而入要比破门而入容易些。"安东尼微笑着说。他站在门厅口,扶着手杖,若有所思,这里刚刚经历了一场不知所谓的混乱,但他看上去相当地从容镇定。当然也可能是因为他并没有听到那骇人的枪声。

"窗户——对呀!我真是个白痴!"

凯莱从安东尼身边挤过,向门外的车道奔去。

安东尼紧随其后。他们沿着车道绕过红宅的正面,沿着一条小径跑到左侧,又向左穿过了一片草地。凯莱冲在前面,安东尼寸步不离。突然间,凯莱停下了脚步。

"就是这里。"他说道。

面前的窗户就通向那个上锁的房间,这里装着落地窗,正对着宅子后面葱郁的草地。不过现在窗户紧紧闭着。凯莱把脸贴在玻璃上向内张望,安东尼也有样学样地照做了,只不过他心里要激动得多。他也开始疑惑,在这神秘的房间内是否发生了枪击案件。从门的这一侧来看,屋里的景象有些令人匪夷所思。如果响过一枪,为什么没有第二枪、第三枪?——两个粗心的傻瓜把鼻子紧贴在窗格上,四下里搜索。

"我的天哪,你看到了吗?"凯莱的声音都在微微地颤抖,"在那下面,你看!"

安东尼马上就看到了凯莱指给他看的东西。一个男人在房间的另一端,背朝着他们卧在地上。不过,那到底是个活人,还是具尸体?

"卧在那里的是谁?"安东尼问道。

"我也不知道。"凯莱喃喃说道。

"好吧,我们最好过去探个究竟。"他对着窗户打量了一阵,"我想,凭着你的体重应该能从两扇窗中间破出个缺口。要是还不行,咱们就把窗户踹开。"

凯莱没有表示异议,奋不顾身地撞了上去。窗户应声而开,两人走进了房间。凯莱迅速走到那人的身边,跪了下来。在这一刻,他好像有一些犹豫,但随即下定了决心,将手搭在那人的肩头,用力将尸体翻了过来。

"谢天谢地!"他如释重负地咕哝道,放开了尸体。

"这到底是谁?"安东尼问道。

"这是罗伯特·阿博莱特。"

"哦!"安东尼叹道,"我还以为这就是马克。"他又加了句,不过听上去更像是自言自语。

"没错,马克·阿博莱特确实住在这里。罗伯特是他的兄弟,"凯莱一边发着抖一边说道,"我刚刚也担心是马克。"

"马克之前也在这个房间里?"

"没错,"凯莱有些心不在焉,然后,他好像忽然明白了这陌生人问题中的险恶用意,有些生气地质问道,"你是谁?"

但安东尼此时已经走到了上锁的门前,若有所思地转着门把手。

"我猜他把钥匙放到自己的口袋里了。"他说着,又走回尸体旁边。

"谁?"

安东尼耸耸肩。

"不管是谁干的,"他边说着,边用手指了指地板上的尸体,"他死了吗?"

"帮帮我。"凯莱只说了这么一句。

两人合力将尸体翻转过来,仰面朝天,鼓起勇气打量起来。致命的一枪打在罗伯特·阿博莱特的双眉之间,这幅惨象真是让人不敢逼视。心惊胆战之下,安东尼有些可怜起身边的这个男人来,也依稀觉得自己刚刚毛手毛脚的行为确实有些欠妥。毕竟谁也不会想到这样的惨剧会确确实实地发生在自己——确切地说是别人——身上;所以,当命案摆在眼前的时候,的确会让人感到难以置信。

"你和他相熟吗?"安东尼平静地问道。其实他的言下之意是,"你喜欢这个人吗?"

"几乎不认识。马克才是我的表兄。我的意思是,马克才是和我相熟的那位表兄。"

"马克是你的表兄?"

"对,"凯莱迟疑着,说道,"他死了吗?我猜应该是死了。你能不能——你知不知道该如何处理这类事情?我觉得我应该去弄点水来。"

安东尼亲自查验过,与上锁的门相对的另一扇门通往一条过道,过道那头连着另外两个房间。凯莱走进过道,打开了右手边的门。办公室的门开着,凯莱走了进去。在这条短短过道的另一端,大门紧闭。安东尼跪在尸体旁边,眼神却不断地追随着凯莱；当凯莱的身影消失在过道中之后，他又开始盯着过道空白的墙面。其实他的两眼早就没了焦点，完全是无意识的动作：因为他的大脑正在为这刚刚离开的年轻人感到可怜。

"对尸体来说，水是没什么作用的，"他自言自语道，"但在束手无策时，这种'有事可做'的感觉会让人舒服得多。"

凯莱回到房间的时候，一手拿着海绵，一手拿着手帕。他看向安东尼，后者点了点头。

凯莱嘴里嘟囔着，跪下身去用清水清洁了死者的脸庞，又用手帕细细地擦拭了一遍。安东尼如释重负地叹息了一声。

他们站起身来，面面相觑。

"如果我能帮上忙的话，"安东尼说道，"请务必不要客气。"

"多谢你了。确实有不少事情要做。我们要叫警察，叫医生——我也不大清楚究竟要怎样。也许我不需要你的帮助了，毕竟我已经给你带来够多的麻烦了。"

"我是来探望贝弗利的，他是我的老朋友。"

"他出去打高尔夫了。不过很快就会回来，"突然间她好像意识到了什么似的，"他们马上就要回来了。"

"如果我能帮上忙的话，我很愿意留在这里。"

"请您务必留下。您知道，客人中也有女性，这对她们来说实在是难以承受。如果您能——"凯莱迟疑着，向安东尼挤出一个羞怯的微笑；这微笑出现在如此高大且自信的人脸上，却有些许可悲，"我需要您的精神支持，您知道，这对我来说意义重大。"

"请放宽心，"安东尼回报以迷人的微笑，故作轻松地说，"那好，我现在建议您先报警。"

"报警？对，对啊，"凯莱迟疑地看着安东尼，"我猜……"

安东尼真诚地说道："好，看这，呃，我该怎么称呼您？"

"凯莱，我是马克·阿博莱特的表亲，我跟他住在一起。"

"我姓吉林汉姆。非常抱歉，之前没有向您表明身份。好吧，凯莱先生，咱们就不绕弯子了。这里有个人被枪杀了——这就说明，总得有个凶手。"

"他也可能是自杀的。"凯莱喃喃自语道。

"对，不排除这个可能性，但他确实不是自杀的。就算他是自杀的，这个房间当时还有第二者在，现在这个人却不见了。他不光自己走掉了，还将左轮手枪也带走了。总之，警方肯定希望对此能有个说法，对不对？"

凯莱低头看着地面，保持着沉默。

"噢，我知道您在想什么，请相信我，我真的很同情您，但我们也不是孩子了。如果您的表兄马克·阿博莱特当时也在这间屋子中，和——"他指了指尸体，"——这位先生在一起的话，那么——"

"谁说他也在屋里？"凯莱猛然抬起头，望着安东尼。

"是您说的。"

"我当时在书房，然后马克走了进来——不过他也可能又出去了——我什么都不知道，可能还有其他人来过这间屋子——"

"没错，没错，"安东尼给出了对待孩子般的耐心，"您可能对您的表兄知根知底，但我却一无所知。让我们先假设他和这件谋杀案无关。但在这位先生遭到枪击的同时，有人正在这个房间中，而且——您知道，警方总会搞清楚的。您不认为——"他瞄了瞄电话机："还是您希望是我干的？"

凯莱耸耸肩，走向了电话机。

"我能否——呃，失陪一下，在四周逛逛？"安东尼朝开着的房门点点头。

"哦，当然没问题，请便。"凯莱找了个位置坐下，将电话机拉到身边。

"我希望您能考虑一下我的处境，吉林汉姆先生，正如您所知，我和马克相识了很久，不过您说的也对，我刚才是有些魂不守舍。"他拿起电话听筒。

列位看官，现在让我们从局外人的角度来重新认识一下这间"办公室"。我们穿过门厅，就能进入这个房间。当然，现在房门已然上了锁，不过可以假设它没有锁。如果我们站在门里边，会发现这是间左右宽、前后窄的房间——更确切地说，左墙几乎就挨着门边，右侧纵深倒是很显著。正对着我们进来的这扇门的是另一扇门，凯莱刚才就从那扇门出去，几分钟前又回来了。两扇门之间的距离大约十五英尺。右墙离我们三十英尺，上面开了法式窗户。从对门走出房间，就来到了一条通往两间房间的过道。一间房间在右侧，凯莱刚刚进了这间屋子，它的长度不及"办公室"的一半，呈正方形，面积不大，有时候用作卧室。现在屋里没放床，角落里有个水盆，安装了冷、热水龙头，还置备了几把椅子、一两个碗碟橱和一排抽屉柜。窗户的朝向与隔壁的法式窗是一致的,但是由于"办公室"很长,所以如果我们从小卧室的窗户探头出去,会看到右面就是"办公室"的外墙,延伸十五英尺,探入草坪。

卧房的对面是一间浴室,事实上,以上的三个单元恰恰构成了一套私人套间;也许红宅前任住户是个腿脚不便利的残疾人,应付不了太深的楼梯。而马克则将卧房和浴室加以废置,只用了起居室,因为他从不在楼下就寝。安东尼瞥了一眼浴室,随即转进凯莱刚进过的卧房。卧房的窗开着,他看了看完好无损的玻璃和窗外安静的花园,顺便为房屋的主人感到难过——他现在恐怕要官司缠身了。

"凯莱认为马克就是凶手,"安东尼自言自语道,"这显而易见。这样一来,他磨磨蹭蹭撞门的举动就说得通了。他本来可以轻而易举地砸开窗户,为什么还要花大力气去撞门呢?虽然有可能是他一时间昏了头,不过,反过来说,他可能——是在为表兄争取时间,好让他从容脱身。报警前他磨磨蹭蹭也是出于这个原因,啊,还有很多表现说明这一点。比如,我们为什么非得绕过整幢房子才能到达窗边?门厅应该有个后门。"安东尼想着,证据总会出现,凯莱先生决不是那种遇事发懵的晕头鸡。

过道外侧连着几级台阶,安东尼回过身,遥遥望着门口的凯莱。他盯着看了一会儿,问了自己一个问题。这个问题甚至有些好笑:他在问自己,门为什么开了。

"如果你想从法式窗溜出去，可能会更容易暴露自己。红宅的那个部分——"他挥舞着右手，"西边，或者可以说是西北部，就是厨房所在的位置——您看，从那个角度是看不到这里的。噢，没错！这个凶手，不管他是谁，都对这座宅子熟得很，他只要从这里跳窗出来，就能马上躲入灌木丛里。"

凯莱若有所思地看着安东尼。

"不过就我看来，吉林汉姆先生，作为一个首次到访的人来说，您倒是对这座宅子熟得很。"

安东尼朗声大笑。

"噢，好吧。我可是个视觉敏锐的人，你知道，这是我与生俱来的天赋。不过那家伙确实是从这里逃脱的。我说得没错，不是吗？"

"嗯，我猜你说的是对的。"凯莱移开目光，望向那片灌木。

"现在你打算去那边观察观察吗？"他用下巴指点着灌木丛，问道。

"我觉得这活计还是交给警察去做吧，"安东尼小声说道，"毕竟——毕竟这事儿不急。"

凯莱轻声叹息，就好像他刚才为了听到答案而屏住呼吸，现在终于松了口气一样。

"万分感谢您，吉林汉姆先生。"他说道。

第四章　来自澳大利亚的兄弟

只要能给出合情合理的缘由，红宅中的宾客们可以在这里为所欲为——当然这缘由是否合情合理则完全取决于家主马克的个人判断。不过，一旦客人们（或马克）打定了什么主意，那么计划就必须一如既往地执行下去，不能改变。因此，尽管比尔一再建议下午再多打一轮，但是深知主人这一执拗怪癖的卡勒汀夫人依然不同意，只让客人们喝完了下午茶，就准备开车把他们舒舒服服送回来。其他高尔夫球爱好者也都倾向于多打一会儿，可是卡勒汀夫人坚决要求按时返回。她虽然嘴上没说，但很清楚：马克·阿博莱特先生既然安排好了客人们四点回家，他们就必须在四点之前赶回来。

"我真的觉得马克不会介意我们晚回去一会儿的。"少校说。他今天早上击球的状态低迷，很想在下午痛痛快快地打个翻身仗："他的兄弟今天要过来，我们回避一下正合他意。"

"您说得没错儿，少校，"比尔搭腔道，"您也想多打几杆吧，诺里斯小姐？"

诺里斯小姐迟疑地看着女主人。

"当然了，亲爱的，如果你真的想回去，我们也不能强留。毕竟您也不打球，在这里看我们打应该觉得挺无聊的。"

"再打九杆就好，妈妈。"贝蒂哀求道。

"您可以先坐车回去，告诉他们我们准备再多打一局，然后您可以再派车来接我们。"比尔兴奋地说。

"天气比我预期的要凉爽得多。"少校插话道。

卡勒汀夫人终于投降了。高尔夫球场外的天气确实清爽宜人，而且马克确实不大希望太多人干扰自己和兄弟的"重逢"。因此，她爽快地同意让客人们多打九杆。最终比赛锁定为平局，不过大家的表现都比上午要出色得多。他们尽兴而返，心满意足地驱车赶回红宅。

"嗨！"在汽车靠近红宅的时候，比尔自言自语道，"那不是安东尼吗？"

安东尼矗立在红宅前，等待着众位宾客的归来。比尔向他使劲地挥着手，他也轻轻摆手，以示回应。汽车缓缓停下，坐在副驾驶位子上的比尔跳下车，急切地跑过去打招呼。

"好久不见，你这个疯子，打算来这儿住几天，还是怎样？"忽然他脑海中灵光一现，"可千万别告诉我，你就是马克·阿博莱特那个来自澳洲的、失散多年的兄弟。不过，这事儿就算真的发生在你身上我也不会觉得奇怪。哈哈。"他像个孩子一样笑了。

"你好，比尔，"安东尼平静地说，"你不准备把我介绍给大家吗？我给你们带来了几个坏消息。"

听了这话，比尔的狂态顿时收敛了许多。他向大家介绍了安东尼。少校和卡勒汀夫人就站在汽车边上,安东尼压低声音道:"我接下来说的话肯定会让你们大吃一惊。"

"马克·阿博莱特先生的兄弟,罗伯特·阿博莱特,刚刚被枪杀了,"他伸出大拇指,越过肩头向后一指,"红宅就是现场。"

"我的天哪!"少校惊呼道。

"你的意思是说,他是自杀的?"卡勒汀夫人慌忙问道,"就在刚才?"

"案发时间大概是两个小时之前,那时我恰好赶到,"他半转过身子,对比尔解释道,"比尔,我是过来看你的。我到的时候,命案刚刚发生不久。凯莱先生和我一起发现了尸体。凯莱先生现在正忙着应付宅子里的警察和医生,他让我转告大家,既然红宅的聚会被这样一个悲剧的时间打断了,大家还是尽早离开为妙。"他挤出一个略带歉意的和善微笑,继续说道:"我笨嘴拙舌的,不过凯莱先生的意思我已经传达到了。当然,大家必须根据自己对这一意外事件的感受,自行决定行程。你们可以叫车,然后搭乘自己所喜欢的火车走。今天晚上就有一班火车,我想,如果你们愿意也可以乘坐。"

比尔望着安东尼的脸,瞠目结舌。他感觉自己理屈词穷,甚至想不出一个字来表达出自己的感受——"天哪"这个词儿也在刚刚被少校抢先一步用过了。贝蒂靠在诺里斯小姐的身上不停发问:"谁死了?"诺里斯小姐则本能地表现出舞台上常见的悲惨神情,好像有一位信使向她宣布某位演员的死讯,她需要冷静几秒钟来搞清楚来龙去脉。

"没错，我们是得尽快离开这儿，不能在这里碍手碍脚，这点我明白，"她说道，"但我们也绝不应该在这样的恶性事件出现后，立刻拍拍屁股走人。我必须见见马克，然后一起商量商量下一步应该怎么做。得让他知道我们多么关心他，也许我们……"她忽然间犹豫了。

"少校和我总会派上用场的，"比尔说道，"您是这个意思吗？卡勒汀夫人？"

"马克在哪里？"少校瞪着安东尼，忽然发问道。

安东尼平静地回视着他，但一言未发。

"我觉得，"少校对卡勒汀夫人说道，"今天晚上，你最好还是把贝蒂带回伦敦去。"

"好，"卡勒汀夫人轻声应道，"鲁斯，你和我们一起走吗？"

"我会到伦敦看你们。"比尔温柔地回应道。虽然他现在还是一头雾水。不过他想在红宅多待一星期。仿佛伦敦是每个人都要去的地方，而他在那里却无路可投。现在只要和安东尼私下待一会，他一定会把前因后果都说出来的。

"比尔，凯莱先生遗忘你能留下。不过，朗波尔德少校，凯莱特意嘱咐我，您必须在明天离开这里。"

"好的。我就和您一起走，卡勒汀夫人。"

"凯莱先生再三强调各位不必客气，如果需要订车、打电话或者打电报，他都能为各位安排。"他又微微一笑，补充说道："我自作主张地说了这么多，希望大家可以谅解，不过我碰巧成了凯莱先生目前的代言人呢。"他向客人们鞠了一躬，转身走回了红宅。

"那好吧!"诺里斯小姐戏剧化地感叹道。

正当安东尼返回红宅的同时,从米德尔顿辗转而来的探员们正随着凯莱穿过书房。看到安东尼走来,凯莱停下脚步向对方点头示意。

"警官,麻烦您稍等一下。这位是吉林汉姆先生,他最好能和我们一起来。"他又转向安东尼,介绍道:"这位是波奇警官。"

波奇用探寻的眼光看着他们俩。

"我和吉林汉姆先生一起发现了尸体。"凯莱解释道。

"哦,是这样。很好,请您一起来,帮我把事情搞清楚。我很想知道这案件的进展,吉林汉姆先生。"

"我们都一样。"

"哦?"他玩味地看着安东尼,一脸兴致,"您知道您在这个案件中的角色吗,吉林汉姆先生?"

"我非常清楚自己的角色。"

"那您的角色是?"

"自然是唯您马首是瞻了,波奇警官。"安东尼答道,报以微笑。

波奇探员快活地笑了:"我会尽可能饶恕你的罪过。一起来吧。"

他们鱼贯走入书房。探员在写字台前坐下,凯莱坐在了一侧的椅子中。安东尼坐在扶手椅中,换了个舒服的姿势,兴致勃勃地等待案情陈述。

"我们先从死者开始，"探员说道，"你说他叫罗伯特·阿博莱特？"他随手翻出了记事本。

"没错警官。他是住在这里的马克·阿博莱特先生的兄弟。"

"啊，"警官漫不经心地削着铅笔，"他平时也住在红宅？"

"哦，不。"安东尼留心聆听凯莱讲述罗伯特的情况——他也是头一次听到。

"我明白了，他是因为做了丢人现眼的事，所以被送往国外。他干了什么？"

"我也不大清楚，当时我才十二岁。在那个岁数，总有人教育你不要多问。"

"让人难堪的问题？"

"没错。"

"所以，你也不知道这个人干过的那些放肆，甚至——邪恶的事儿？"

"不不不。老阿博莱特先生是一位牧师，"凯莱补充道，"也许牧师眼中的邪恶，就是普通人眼里的放肆。"

"我想，凯莱先生，"探员微笑道，"不管怎样，对你们来说，他能留在澳大利亚其实是再好不过了，对吧？"

"可以这么说。"

"马克·阿博莱特从来没有提起过他？"

"几乎没有。他为自己有这样一个哥哥感到羞耻。而且，他很乐意哥哥留在澳大利亚。"

"他们之间通过信吗？"

"偶尔会。在过去的五年中可能只有过三四次吧。"

"都是找马克要钱的？"

"差不多吧。我觉得马克不会每封信都回。反正就我所知，他从没给他哥哥寄过钱。"

"那么，凯莱先生，现在请您谈谈您个人的看法。您不觉得马克这样做对自己的哥哥是不公平的吗？会不会太残酷了？"

"他们从小关系就不好，更别提什么兄弟之情。我不知道两人关系搞这么僵应该归咎于谁——可能双方都有做得不对的地方。"

"不过，马克帮帮自己的亲哥哥也无可厚非吧。"

"我理解您的意思，"凯莱回应道，"不过罗伯特这一生都在乞求别人的帮助。"

探员点了点头。

"我知道这种人。好吧，那我们现在来聊聊早上发生的事儿。马克收到的那封信——你有没有读过？"

"当时没有。不过之后马克拿给我看过。"

"上面有什么地址的信息吗？"

"没有，只是半张脏兮兮的纸而已。"

"那封信现在在什么地方？"

"我也不大清楚，可能是在马克的口袋里吧。"

"哈，"探员若有所思地揪着自己的胡子，"现在我们切入正题，你还记得信的内容吗？"

"大致记得，是这么写的：'马克，你挚爱的哥哥将于明天从澳大利亚千里迢迢地过来探望你。不过我必须警告你要好好掩饰吃惊——不过我更希望会是惊喜的心情。他大概三点钟左右到。'"

"啊,"探员小心翼翼地将这内容记在记事本上,"你注意到邮戳了吗?"

"是从伦敦过来的。"

"那马克的态度呢?"

"烦恶,相当地反感——"凯莱迟疑说道。

"有恐惧的表现吗?"

"没,这倒是没有。或者说,他可能会对这次不快的会面产生不安,但绝对不会担心自己会有什么危险。"

"你是说,他不怕诸如暴力、勒索或其他恐吓了?"

"他不是那类人。"

"好的……那么,你说,信中说他三点钟左右到?"

"对,三点左右。"

"当时红宅中都有哪些人?"

"马克、我,还有一些家仆,不过具体是哪几位我就记不清了。当然,您也可以直接去问他们,这是没有问题的。"

"有您的许可就好办了。宅中没有客人吗?"

"他们都外出打高尔夫去了,一整天。"凯莱解释道。"哦,顺便提一下,"他像突然想到了什么一样插了一句,"您可以见见他们。当然,现在他们心情一定都不太好,我建议……"他转向安东尼,后者对他点点头,说:"我知道他们今晚都想要回伦敦,但我想这不会妨碍到您的调查吧。"

"您可以留下他们的姓名和地址,需要的时候我会和他们联系。"

"那是自然。这些客人中有一位还要继续住在这里,如果您想要见他,我可以安排。不过请您稍候,因为在我们走过门厅的时候,他们才刚刚打高尔夫球回来。"

"没关系,凯莱先生,那么,我们先回到刚才的话题,下午三点钟。罗伯特来到红宅的时候,您在干什么?"

凯莱解释说,当时自己正坐在门厅,奥黛丽还询问了自己家主的所在。他告诉她最后一次看到主人时,主人正朝圣堂走去。

"然后她就离开了,我接着看我的书。然后就听到了楼梯上的脚步声,我抬起头,正好看到马克下楼。他走进了办公室;我则继续读书。然后我就进了书房,在里面待了一小会儿,换了另外一本书。就在书房中,我听到了枪声——至少是一声巨响,当时我并不能确定那是枪声。于是我站起来,竖起耳朵听,然后慢慢走到门口朝外张望。我退回书房,犹豫了一会儿,你知道,最终决定去办公室看看一切是否正常。我转了转门把手,发现上了锁。我开始害怕,拼命地撞门、喊叫,接着——吉林汉姆先生就到了。"

他又向探员描述了发现尸体的始终。

探员脸上带着微笑,看着他。

"嗯,好的,凯莱先生,那么先让我们弄清楚几个细节。刚才你说,你认为马克先生在圣堂里。那么他有没有可能在不让你看见的情况下,从圣堂走回自己的房间去?"

"这房子后面有楼梯。当然平常他不用后梯,但是我也不是整个下午都待在门厅没动过,所以他完全有可能上了楼,我却完全不知道。"

"所以,当他从楼上下来时,你不觉得惊讶?"

"哦,不觉得。"

"嗯,那他说什么了吗?"

"他说:'罗伯特来了吗?'反正差不多就是这意思。我猜他听到门铃响了,或者就是听到他哥哥在门厅说话。"

"他的卧室朝哪个方向?他有没有可能从窗户看到罗伯特沿着公路走过来?"

"是的,有可能。"

"然后呢?"

"然后,我回答一声'是的',他耸了耸肩,说:'别走得太远,我可能等下有事找你。'然后就进了办公室。"

"你觉得,他这句话是什么意思?"

"你知道,他有很多事都要向我咨询,我其实是他非正式的法律顾问。"

"那么,兄弟俩久别重逢,其实更像是一场商务谈判?"

"哦,是的,我就是这么看的。"

"好,过了多久你听见枪声?"

"很快。大概也就两分钟。"

探员停下笔,若有所思地看着凯莱。突然间,他说道:

"对于罗伯特的死,你是怎么看的?"

凯莱耸耸肩。

"你发现的东西应该比我多,"他答道,"这是你的工作。而我,作为马克的朋友,只能提些门外汉的看法。"

"那您的看法是?"

"那就恕我直言了,罗伯特的来访本来就是个麻烦,更何况他还带了一把左轮枪。两人一照面他就把枪抽了出来,马克尝试着夺枪,没准两人之间还爆发了一场小规模的殴斗,混乱之中,枪走了火。马克不过是一时冲动,但当他恢复理智后,发现自己手持左轮枪,脚边还躺着一具尸体。他的脑海中只冒出了一个念头,就是尽快逃离这里。他几乎是出于本能地锁上了门,然后他就听到了我砸门的巨响,迅速从窗户脱身了。"

"是啊,这听上去倒是很有道理。您觉得呢,吉林汉姆先生?"

"我倒是无法认可'一时冲动'是个有道理的说辞。"安东尼从躺椅中缓缓起身,走向其余两人。

"好吧,你明白我的意思,这样确实说得通。"

"啊,没错。不过任何其他的解释都会把案情搞复杂。"

"也就是说您能提供其他的解释?"

"不是由我来提供。"

"那么,对于凯莱先生的说法,您有什么地方需要做一下修正?——我是指在您到来之后他离开的这段时间内。"

"没有,谢谢。凯莱先生的描述非常完备精确。"

"好吧，那么现在，请您说说您自己的情况。据说您并没有住在红宅里面？"

安东尼解释了自己原来的行车安排，以及心血来潮的到访。

"很好，那么您有没有听到枪声？"

安东尼侧过脸，好像在认真聆听着什么："我听到了，就在我看到红宅的时候。不过这声响在当时没有给我留下太大的印象，现在经您提醒我倒是回忆起来了。"

"那么枪响的时候您在哪里？"

"我正沿着车道往上走。我才刚刚看到这栋房子。"

"枪响的时候有没有人从红宅的正门出来过？"

安东尼闭上双眼，在脑海中搜索着。

"没有，"他答道，"没人出来过。"

"你确定吗？"

"绝对没有。"安东尼说道，好像非常讶异竟然还会有人质疑他的记忆力。

"非常感谢。如果我想要联络您，到'乔治酒家'就可以了？"

"在问询结束后，吉林汉姆先生就要搬到红宅来住了。"凯莱解释道。

"很好，那么现在，聊聊这些用人吧。"

第五章　吉林汉姆先生的新职业

凯莱去按铃召集用人，安东尼则起身向房门走去。

"警官，我想这里不再需要我了。"他说道。

"确实不需要占用您的时间了，吉林汉姆先生。不过请您不要走太远。"

"哦，没问题。"

探员迟疑着说："凯莱先生，我觉得我最好单独传讯这些用人。你也知道这些家伙，人越多，他们就越警惕。我还是希望能自己挖出真相。"

"噢，您说得没错。事实上，我也正想失陪一会。虽然吉林汉姆先生是个面面俱到的和善绅士，但我还是有责任照顾红宅的客人们——"他对等在门口的安东尼报以微笑，没有继续说下去。

"哈，这倒是提醒了我，"探员说道，"我记得您提到，在红宅做客的宾客中，有一位——是贝弗利先生吗——是吉林汉姆先生的朋友？他准备继续住在这里吗？"

"是的。您想见见他吗？"

"以后再说吧,如果需要的话。"

"我会告知他的。如果您需要我的帮助,我就在楼上自己的房间里,同时那也是我的办公室,所有的仆人都知道那个地方,他们会帮您找到我。啊,史蒂文斯,你稍等一下,波奇探员要问你几个问题。"

"是的,先生。"奥黛丽面无表情,但心头却迅速翻起了波澜。此时,管家间的用人们也听到了关于这事件的消息,奥黛丽正忙着向其他用人解释,他对她说了些什么,她又对他说了些什么。虽然细节尚不完备,但至少有一件事得到了大家的肯定:马克先生的哥哥举枪了结了自己的生命,把马克先生给吓跑了。奥黛丽则宣称,从一打开门看见马克先生的哥哥开始,就基本上确定了,他就是那种人。她把自己的结论告诉姑妈史蒂文斯夫人,史蒂文斯夫人却认为——"如果你还记得我说过的话,奥黛丽"——除非具备非常有说服力的理由,人们通常不会去澳大利亚。艾尔熙对她们两人的意见表示赞同,但她也有自己的看法——她曾经清楚地听见在办公室中,马克先生威胁过他的哥哥。

"我听到的百分之百就是马克先生的声音。"艾尔熙肯定道。

"愿上帝宽恕他,"一个厨娘带着殷切的眼神满怀希望地站在门口,但是马上又被其他人轰出去了;大家都巴不得她没出现过。不过要考虑到她正在埋头苦读短篇小说,不仅要对周围事件了然在胸,还要缄口不语地听人说话,倒也真是难为她了。

"真可惜那姑娘的脑子没有我的好使,"史蒂文斯夫人不无遗憾地说,"艾尔熙,后面发生了什么?"

"我亲耳听到的,他有些洋洋得意地说:'现在该轮到我了。'"

"嗯,你能把这句话理解成威胁?不得不说,你的理解能力真的很特别。"

但当奥黛丽和波奇探员面对面交锋的时候,她不由自主地想起了艾尔熙的话语。她所提供的证词已经经历过其他人反复几次的确认,而且还要经过探员运用技巧老到的检验和诘问。探员真的很想说"别介意你跟他说了什么",不过他又随即意识到,这正是了解"他对她究竟说了些什么"的大好机会,所以最终还是硬生生地憋住了。到这个时候,他所浪费的话语和神情似乎都从奥黛丽的证词中赢回来了,不管怎样,奥黛丽的证词还是有价值的。

"那么你自始至终都没有见到马克先生?"

"没有,先生;他肯定是先进来,然后上楼回到了自己的房间。当然也有可能是他从前门进来,而当时我正在后院。"

"明白了。好的,我想我需要了解的就是这些。非常感谢你的配合。其他的用人都在什么地方?"

"艾尔熙说他听到了家主和罗伯特先生的谈话,"奥黛丽急切说道,"他当时在说——我指的是马克先生——"

"哈,好的,我想还是由艾尔熙亲自和我面谈比较好。不过这个艾尔熙又是谁?"

"是宅中的一位女佣,需要我帮您把她叫过来吗,先生?"

"劳驾。"

对于探员的传召,艾尔熙感到些许的欣喜。这样一来,史蒂文斯夫人就不得不中断对艾尔熙下午表现的评论——艾尔熙早就受够了史蒂文斯夫人喋喋不休的说教。就史蒂文斯夫人看来,下午在办公室发生的任何罪行都没有艾尔熙犯下的"双重罪行"来得严重。

艾尔熙很迟才意识到,她本不该透露自己曾于下午出现在前厅这一事实。但她并不是个善于隐藏真相的人,恰好史蒂文斯夫人很善于刨根问底。艾尔熙很清楚,她本没理由从前面的楼梯走下来,也不用找借口解释她恰巧从楼梯口诺里斯小姐的房里出来,并且认为反正门厅里没人,这应该是无关紧要的。她那时在诺里斯小姐的房里究竟干了什么?去还杂志吗?也许是诺里斯小姐借给女佣们看的?好吧,压根就没这么回事儿,艾尔熙!——这是一栋高级住宅!可怜的艾尔熙本不该指望她最喜欢的作家写的故事会登在哪本杂志封面上,上面同时还画着一个恶棍从悬崖摔下来。"要是你不能循规蹈矩,从悬崖摔下来的就是你!"史蒂文斯夫人绷着脸说。

不过,这些所谓的罪行就没有必要向波奇探员提起了。他所感兴趣的只是艾尔熙在穿过前厅的时候听到办公室中传来的谈话内容。

"于是你停下身来听了?"

"当然没有,"艾尔熙仿佛被冒犯了,挺直了腰杆回应道,不过内心却涌出了知音难觅的悲伤,"我只不过是恰巧经过前厅而已,和您恰巧路过时没什么不同,我并不知道他们在谈什么机密的信息,也没想听墙角,所以就没有刻意回避。不过现在想想,当时真应该堵住耳朵。"她轻轻地抽了一下鼻子。

"没关系,没关系,"探员换了一副温和的表情,"我并不是在责怪你——"

"每个人都在刁难我,"艾尔熙几近泣不成声,"那个可怜的男人死了,很遗憾他们之前确实待在办公室里,也许我说的根本就不是真的,您不用相信。"

"别胡说,你做得很好,我们都为你感到骄傲。你的证词确实派上了大用场,这点毋庸置疑。那么你究竟听到了什么?请尽量回想一下原话。"

"好像是关于'擦擦通道'之类的,"艾尔熙说。

"噢,这话是谁说的?"

"罗伯特先生。"

"你怎么知道是罗伯特先生?以前你听到过他的声音吗?"

"我可没说我认识罗伯特先生,不过那肯定不是马克先生,也不是凯莱先生或者其他男客的声音;而且五分钟前史蒂文斯小姐已经把罗伯特先生送进办公室里了——"

"确实是这样,"巡官急忙说,"毫无疑问,那就是罗伯特先生。不过'擦擦通道'是什么意思?"

"我也只是听了个大概,先生。"

"嗯,查查通道——会不会是你听错了?"

"没错,先生,"艾尔熙急切地说,"就是这句:他要检查一下过道！"

"哦？"

"然后马克先生大声说——听上去有些洋洋得意，'这次轮到我了，你给我等着吧。'"

"洋洋得意？"

"那语气，就好像是他的机会来了。"

"你就听到这些？"

"没错，先生，我并没有站在那里偷听，只是恰巧穿过前厅，就像平时那样。"

"这当然。好吧，这个信息真的十分重要，谢谢你，艾尔熙。"

艾尔熙回报以一个甜美的微笑，兴高采烈地回到厨房。现在史蒂文斯夫人也不能让她动摇哪怕分毫。

与此同时，安东尼也正按部就班地开展着自己的调查。有个疑问让他久久不能释怀。他穿过宅前的门厅，驻足于敞开的门前，看着门外的车道。他曾和凯莱绕向左侧围着宅子兜了个圈，但显然从右侧绕过去会更快。前门并不是在宅子的正中心。但也有可能向右的路被什么东西堵住了——比如说，一堵墙。他向右边一路漫步，顺着围绕着红宅的小路走过，来到案发地办公室的窗前，得到了一个简单的结论，右侧的道路要比左侧省下一半的距离。他又向前走了几步，发现窗前有一道门。这扇门能轻而易举的推开，进入一条通道，通道另一头也是一扇门，穿过那扇门就又回到了门厅里。

"原来这才是最短的那条路，"他自言自语道，"穿过前厅，就能直达红宅的后院。取道向左，就能来到法式窗旁边。与之相比，我们之前走的却是最长的那条路。这究竟是为什么呢？难道这真的为马克提供了从容逃遁的时间？只是，在那种情况下，凯莱为什么还要跑？凯莱那时候就知道想逃跑的人是马克？就算他猜到了——或者说担心兄弟两人中，一个被另一个射杀了，那多半也应该是罗伯特杀了马克。事实上，他也承认自己一开始就是这么认为的。当他把尸体翻转过来的时候，说的第一句话也是'谢天谢地！我还以为是马克呢！'可是他为什么要给罗伯特时间逃走？而且，如果他想为罗伯特提供充分的转移时间，为什么还要跑着过来呢？"

安东尼又走出了红宅，来到后院的草坪上，寻了处长椅坐下，望着办公室的窗户。

"那么现在，"他说道，"让我研究一下凯莱的想法，看看能有什么收获。"

当罗伯特来到办公室的时候，凯莱正待在前厅。用人去寻找马克，凯莱继续读手上的书。马克从楼上下来，通知凯莱随时待命，然后就去会见自己的哥哥。那么此时凯莱在想些什么？可能马克根本就不需要传召他，也许罗伯特要弟弟替自己偿还债务时，或者马克安排罗伯特回澳大利亚时，需要他的建议；再或者，当马克决定把罗伯特赶出房门时，需要他搭把手。好，他在原地坐了一会，就进了书房。这也说得通，因为当马克需要他的时候，他还是能第一时间赶来。突然间，他听到了一声枪响。毕竟在这样一所乡间大宅中听见枪响是有些超乎寻常，他能在一瞬间做出判断几乎是不可能的。可能是那种深邃的寂静让他不大舒服。那声巨响总不会是枪声吧，如果是的话也未免太荒唐了！不过他觉得就算找个借口到办公室看看也没什么坏处，所以他尝试着推了推门——发现它竟然被锁住了！

那么此时此刻他的心情又是如何？有点担忧，半信半疑。肯定有什么大事发生了。尽管听上去有些荒谬，但那巨响想必是枪声无疑了。他慌忙砸门，想把马克从里面叫出来，但却没人应答。担忧——没错，不过他是在担忧谁的生命安全呢？显然对象是马克。罗伯特是个彻头彻尾的陌生人，而马克却是他的亲朋挚友。罗伯特在早上寄了封信过来，此时正是满胸怒火。罗伯特可不是个容易打发的角色；而马克却是个受过高等教育的绅士。如果两人之间确实爆发了争执，枪击案的始作俑者也必定是罗伯特，而非马克。他又拼了命地继续砸这门。就在这时，安东尼凭空出现了。凯莱的所作所为看似可笑，但是在那一刻，他确实可能会被急火烧昏了头。其他人也会做出这样的蠢事。不过，当安东尼建议破窗而入的时候，凯莱马上清醒过来。所以由他带路，两人迅速赶到了法式窗旁边——不过却绕了最远的路。

这又是为什么呢？为了给凶手提供逃逸的时间吗？如果他自始至终认为马克是凶手，这确实能够解释得通。但问题是他一直认为罗伯特才是凶手。如果他没有刻意隐瞒着什么，就必定会这样想。而且他确实也是这么说的，因为在发现罗伯特的尸体的时候，他说过这样的话："谢天谢地，我还以为是马克。"因此他毫无理由为凶手争取时间。相反地，本能会促使他尽快地赶往案发现场，来抓住邪恶的凶手罗伯特。不过他还是选择了最远的路。这是为什么呢？如果真是这样，他又为什么要跑过去呢？

"真难倒我了，"安东尼填着烟斗，自言自语道，"上帝保佑我能尽快挖出真相。不过还有一种可能，凯莱是个胆小鬼。他并不想早早赶到凶案现场，撞到罗伯特的枪口上；但考虑到有我在场，还是要作态一番的。这样一来就全说得通了。但凯莱真的是个胆小鬼吗？不管怎么说，他还是敢于把脸贴在窗户向里面张望的，这个举动本来就够勇敢的。这个解释还是有些牵强。"

他手中握着没有点燃的烟斗，静静地坐着，冥思苦想。在他脑海中不断逡巡着一两个疑点，等着他去发现和探究。不过此时此刻，他选择先将这些疑点抛到一边；当他需要的时候再作理会。

他突然笑了起来，点燃了烟斗。

"一直以来我都想换个新职业，"他兀自想着，"看来我已经找到了目标。安东尼·吉林汉姆，私家侦探，今天就开始挂牌营业了。"

且不说安东尼·吉林汉姆有什么其他成为私家侦探的能力，他思维敏捷、逻辑清楚的头脑就是他能依仗的最有力的武器。他的大脑也告诉他，现在在整幢红宅之中，他是唯一一个能发掘出真相的人。在探员抵达这里之后，发现一个人死了，一个人失踪了；毫无疑问，这个失踪的家伙很有可能夺走了死者的性命。更具可能性的是，我们的探员已经认定这才是唯一正确的解释;当他看待案件的时候,就已经套上了自己的偏见,从而离真相越来越远。案件牵扯到的其他人员,像凯莱、红宅中的宾客和用人们,都被笼罩在这偏见之下,无一幸免。他们或是马克的亲朋(当然可能会和马克交恶),彼此之间也有亲疏远近;固有的想法已经先入为主,正像他们早上所探讨的那样,罗伯特的人格在他们心中早早地就被定了性。因此他们的看法都或多或少有所偏颇。

但安东尼却能保持一个中立的态度。他对马克一无所知,罗伯特也是个陌生人。在发现尸体的时候,他甚至还不知道死者的名字。红宅惨案发生后,他还不知道有人已经失踪了。对于每个人的第一印象极其重要,而安东尼完全通过案件独立了解;印象建立在他个人的感觉证据,而不是其他人的情感之上。所以,和探员相比,他更容易找到真相。

当然,安东尼的这种想法对波奇探员来说确实稍显不公。波奇确实相信马克枪杀了自己的哥哥。罗伯特是被人领入办公室的(有奥黛丽的证词),马克也进入了办公室会见罗伯特(有凯莱的证词),有人听到了马克和罗伯特的谈话(有艾尔熙的证词),然后枪响了(这一点所有人都能证明)。有人闯进了案发现场并且发现了尸体(凯莱和吉林汉姆为当场目击者),然后马克不知所踪。这样一套推理下来,很明显马克确实杀了罗伯特:可能是错手所杀,正如凯莱所相信的;也有可能是蓄意谋杀,正如艾尔熙的证言所表明。如果这样一个简明的解释能够成立的话,为什么还要费力寻找一个更为复杂的解释呢?不过,波奇同时也希望能出现复杂的结论,因为办好一件复杂的案子可以让他名声鹊起。在红宅中出人意表地逮捕了真凶,远比在乡间费力搜索、将马克绳之以法更有戏剧性。无论是否真的有罪,探员总要找到马克。不过,其他的可能性也依旧存在。安东尼跃跃欲试,他总觉得与心中久存偏见的探员相比,自己的立场要优越许多。不过探员也在私下考量着吉林汉姆涉案的可能性:命案刚刚发生,吉林汉姆就冒了出来,难道这真的只是巧合?当贝弗利谈起自己这位老友的时候,言谈之中也透着古怪。这家伙竟然还做过烟草店的帮工,还当过服务员!吉林汉姆先生显然是个怪人。盯紧他,准没错。

第六章 里面，还是外面？

宾客们用自己的方式，纷纷向凯莱告别。少校的道别粗暴而简单："如果您需要联系我，尽管吩咐，随叫随到。再会。"贝蒂则默默地表示了同情，一双大眼睛满是欲说还休。卡勒汀夫人虽然表示"不知道该说些什么"，但还是展示了相当储量的谈资。诺里斯小姐把千言万语汇成了一个"绝望的姿态"，连凯莱机械重复的"非常感谢"此刻也好像变成了对文艺表演的喝彩。

比尔将其余的人依次送入汽车，用自己的方式说了再见（还特别地握了握贝蒂的小手）之后，徘徊到了花园，和安东尼一起坐在长椅上。

"好吧，这还真是场闹剧。"比尔说着，捡了个位置坐下。

"是够混乱的，威廉。"

"看来你已经脱不开身啦？"

"嗯，难以自拔。"安东尼说道。

"那你就是我需要找的人。现在流言满天飞，不过我却被蒙在鼓里。每当我向探员询问任何和命案相关的事，他总会岔开话题，反过来问我是怎么和你认识的，还有其他杂七杂八的无聊问题。现在你告诉我，到底发生了什么？"

安东尼尽可能用简练的语言将自己和探员的谈话内容告诉了比尔；在此期间，比尔时不时地用一句"我的天哪"打断他，有时候还外带几声口哨。

"依我看，这事儿可不简单，是不是？那我到底该怎么办？"

"你什么意思？"

"你看，除了我之外其他人都走了。当探员传讯我的时候我该怎么开口？"

安东尼冲他笑了笑。

"其实你根本不用担心。波奇就是想找个人问问你们这一整天都干了些什么，这很正常。凯莱也觉得你应该留下来陪陪我，毕竟我们俩是老朋友了。基本上就这些。"

"你会住在这儿吧，红宅里？"比尔热切地问，"好兄弟。这可太棒了。"

"也就是说，你不会埋怨我把其他人都轰走了？"

比尔赧红了脸。

"噢，反正我下周还能再见到她。"他喃喃道。

"看来我要恭喜你了。我也觉得她不错，那件灰色的洋裙看上去不赖。她应该是个不错的女孩。"

"傻瓜，你说的是她老妈。"

"哦，是吗？抱歉。她刚才很配合，不过比尔，我需要你更多的帮助。"

"我说，你说的是真的？"比尔有些受宠若惊。一直以来，他对安东尼都非常钦佩，显然受到对方的青睐让他欣喜若狂。

"没错，你看，马上就要有大事发生了。"

"你是说询问之类的流程？"

"嗯，没准在询问之前还有别的什么事儿。哈，凯莱先生来了。"

凯莱穿过草坪向他们走来。他是个身材魁梧的男人，脸上的胡茬虽然刮得精光，但这张凹凸不平的脸实在让人不敢恭维。"凯莱今天也走了背字儿，"比尔说道，"我是不是应该向他表示一下遗憾的心情？不过估计用处不大。"

"那我就不妨碍你们了。"

凯莱一路走来，冲他们点点头，然后呆呆站了一会儿。

"我们正要走呢，你可以坐在这里。"比尔说着，站起身来。

"哦，不用麻烦。多谢，我就是过来跟你们说两句话，"他走近安东尼说道，"厨房里已经乱套了，晚饭可能会推迟到八点半。您请自便。顺便问一句，您的行李呢？"

"比尔可以陪我去一趟酒店提行李。"

"不用急，等下汽车从车站回来之后我可以帮您安排取用行李。"

"太感激您了。不过我还是想自己去领行李，顺便把房钱结清。而且，晚上出去散散步也不错。比尔，你不介意和我一起去吧？"

"当然不介意。"

"好，如果您的行李就放在酒店，我可以派车去取。"

"不胜感激。"

该说的话都说完了，但凯莱好像不知道何去何从，又在那里尴尬地站了一会儿。安东尼迟疑着，不知道凯莱是不是想聊聊下午的事儿，或者他根本就不想再置一词。最后，为了打破沉默，他还是冒失地问了一句，探员是不是已经离开了。

凯莱点点头，突然间说了一句："他去签发马克的逮捕令了。"

比尔适时地发出了一声同情的叹息。安东尼耸耸肩，说道："嗯，他肯定会这样做的，不是吗？不过这也说明不了什么，不管您表兄是否有罪，警方总得找到他。"

"那您觉得他是不是凶手呢，吉林汉姆先生？"凯莱用一种坚定的眼神看着安东尼。

"马克，凶手吗？别开玩笑了。"比尔激动地说。

"您看，凯莱先生，比尔相信马克的为人。"

"吉林汉姆先生，您和当事人都没有什么瓜葛吧？"

"没错，所以您要原谅我的坦率。"

比尔坐在草地上，凯莱占了他的位子，心事重重地坐下。他的双肘戳在膝盖上，目光呆滞地盯着地面。

"我需要的就是您的坦率，"最后他说道，"只要事情牵扯到马克，我就不能做出准确的判断。所以我很想知道，对于您这样不抱有偏见的人来说，我的看法是不是有些无稽呢？"

"您的看法？"

"就是我的判断：如果马克真的射杀了自己的哥哥，也肯定是个意外，就像我对探员陈述的那样。"

比尔饶有兴致地看着他。

"你的意思是，罗伯特挑起了事端，"他分析道，"两人扭打起来，这时左轮手枪走了火，然后马克在一片慌乱之中落荒而逃吗？这就是你的想法？"

"没错。"

"嗯，听上去倒是没什么问题，"他转向安东尼，"这也能说得通，是不是？凡是了解马克的人，恐怕都会做出这样的结论。"

安东尼从嘴里取出烟斗。

"我觉得也是，"他缓缓地说，"但我还是有件事儿弄不明白。"

"什么事儿弄不明白？"比尔和凯莱不约而同地问道。

"钥匙。"

"什么钥匙？"比尔问道。

凯莱抬起头，望着安东尼问道："钥匙怎么了？"

"也许没什么，不过我只是有些想不通。假设真的像您说的那样，罗伯特是被人打死的；假设马克确实慌了阵脚，只想在被其他人发现之前逃离现场。那好，他就很有可能将门反锁，并且将钥匙装到自己的口袋里。他想都不用想就会这样做，因为能为自己赢得更多的时间。"

"没错，这正是我的看法。"

"听上去确实合情合理，"比尔搭茬道，"这确实应该是人下意识的反应。而且，如果凶手想要逃跑的话，将门反锁成功的几率也会高些。"

"不错,如果钥匙在那里,一切都说得通。那么让我们假设,如果钥匙不在那里呢?"

这句话说的好像就是既定的事实,两个听众都吓了一跳。他们都满腹狐疑地望着安东尼。

"您这是什么意思?"凯莱问道。

"我的意思是,让我们想想一般人会把钥匙放在什么地方。假设你上楼回到自己的卧室,也许你会把门锁上,免得哪个家伙闯进来,看到你只穿一只袜子和背带裤的模样。这可再平常不过了。如果你观察过任何宅邸内的卧房,你都会发现钥匙就插在锁眼里,以备房间的主人随时将门上锁。但是当人们在楼下的时候,就没有锁门的习惯。锁门的情况非常罕见。我们以比尔为例,他就绝不会将自己锁在餐厅里独饮雪莉酒。相反,女人,尤其是女佣们非常害怕入室盗窃的贼偷。如果窃贼从窗户闯入,她们都喜欢将他关在一个特定的房间中,然后在入睡之前锁上房门,"他磕掉烟斗中的灰烬,补充道,"至少,我母亲经常会这样做。"

"你的意思是说,"比尔兴奋地说,"当马克进入房间的时候,钥匙就插在门外?"

"唔,这只是我的一个想法。"

"您留意过其他的房间吗?比如说弹子房、书房或者其他的地方?"凯莱问道。

"我坐在这里的时候才刚刚产生这个想法。倒是您在这里住了很久了,您没有注意过吗?"

凯莱坐着沉思了议会,脑袋微微偏向一边。

"听上去可能有些可笑,不过,我倒是从来都没有留意过,"他转向比尔,"你注意过吗?"

"天哪,当然没有。这种小事谁会注意到?"

"我就知道,你们是不会注意的,"安东尼笑着说,"好吧,在我们进屋的时候可以留意一下。如果其他的钥匙都是插在门外的话,估计这个房间的钥匙也不会例外。如果这情况属实的话,那么这个案件就更有趣了。"

凯莱保持着沉默。比尔拔了根草茎,丢到嘴里反复咀嚼着,然后说道:"这有什么区别吗?"

"如果钥匙真的插在门外,这状况就更令人费解了。让我们来看看,你的'意外杀人'理论到底能把我们领向哪里。这样一来,马克就不会下意识地锁门了,对不对?因为他为了拿到钥匙就必须打开房门,这样一来,自己就会完完全全地暴露在门厅众人的眼帘之中。比如说他的表弟;因为两分钟之前他还嘱咐凯莱先生等在门外。让我们站在马克的立场思考一下,既然他害怕别人发现自己和尸体同处一室,为什么还要做出这样的傻事?"

"可能他并不怕见到我。"凯莱说道。

"那么他为什么不把你叫到房间里?他知道你就在房间外,你可以帮他出主意。马克慌忙逃逸的理论正说明了他怕见到你,也怕见到其他任何人。除了尽快独立逃出房间,不让你和其他用人发现他之外,别无他法。如果钥匙插在屋内,他当然会将门上锁。不过如果钥匙插在门外的话，就另当他论了。"

"嗯，我觉得你的分析是正确的，"比尔若有所思地说，"除非他在进屋的时候就拔下钥匙，一出事儿就锁上门。"

"对，不过如果真是这样的话，你就会引出一个全新的理论。"

"你是说，马克早有准备了？"

"对。不过如果这就是真相，马克就成了不折不扣的白痴。想想看，假设出于某个不为人知的原因，马克准备干掉自己的哥哥，他为什么要采取这样的方式？开枪杀人之后落荒而逃？这简直无异于自杀——还是最没脑子的那种。事实并非如此。如果你真的想要除掉自己讨人厌的哥哥，你肯定会选择一种更聪明的方式。你大可以先假装对他好，关怀有加，洗清自己的嫌疑；杀人之后，也要将房间布置成事故现场，或者自杀现场的样子，或者是其他什么人干的，对不对？"

"你的意思是说，要让自己摆脱嫌疑？"

"没错。如果你真的对自己的哥哥起了杀心，你就会在出手之前将自己锁在房间里。"

凯莱一言不发，显然是在权衡这个新理论的可能性。他的双眼始终盯着地面，最后说道："我还是坚持自己'过失杀人'的论断，马克当时不过是一时冲动，事后逃掉了。"

"那钥匙的问题你要怎么解释？"比尔问道。

"我还不能肯定当时钥匙是否真的插在门外，我也不能肯定楼下房间的钥匙是否真的像吉林汉姆先生所说的那样，始终插在门外。毫无疑问,有的时候钥匙会插在门外,不过案发当时,这些钥匙很有可能就是插在门内。"

"哦,没错,当然。如果它们确实插在门里,您最初的理论很有可能就代表着事实。因为我常常看到楼下的钥匙插在门外,才提出了这个构想。但是,毫无疑问您是对的。钥匙是否插在门内,我们接下来将会做出验证。"

"不过,就算钥匙真的插在门外,"凯莱顽固地说,"我还是会坚持'过失杀人'的论断。马克很有可能在案发前将钥匙带进了房间,因为他知道自己和罗伯特会产生冲突,他并不希望受到别人的打扰。"

"但是在他进入房间之前,确实要求您守在门外,以备不时之需,那么他为什么要把您锁在门外呢?而且我觉得,如果一个人预知到接下来的谈话会有冲突爆发,他肯定也不想把自己锁在一个封闭的房间里。他可能会打开门,对来访者说:'你给我滚出去!'"

凯莱为之语结,但明显不服不忿。安东尼歉然一笑,站起身来。

"那么,走吧,比尔,"他说道,"我们该出发了。"他伸出手拉起了自己的老友,然后转向凯莱,继续说道:"我的思维有些跳脱,请您务必见谅。当然,我只不过是从一个局外人角度给出分析,寻求问题的答案而已,所以并没有考虑朋友们的个人感情。"

"吉林汉姆先生,这没有关系,"凯莱也站起身来,回应道,

"倒是希望您能体谅我。我猜您应该会。您现在是要动身前往酒店取回您的行李吗?"

"是的,"安东尼抬头看了看日头,环顾着红宅周边的绿地,"让我想想,酒店应该是在那个方向,对吗?"他抬手指向南方:"我们能从那里走到村子吗?还是必须上公路?"

"我会告诉你怎么走的,老伙计。"比尔说道。

"比尔会为您指路的。这片绿地几乎延伸到了村子的边缘。我会在半小时内派车过去。"

"不胜感激。"

凯莱点了点头,转身走回红宅。安东尼拉扯着比尔的手臂,向反方向走去。

第七章　绅士的画像

他们闷头走了一阵，直到将红宅和花园远远地甩在身后。在他们的额前方和右侧是大片的绿地，地势缓缓下降，又缓缓上行，遮住了外面的世界。左侧一片葱郁的林带将他们与主路隔开。

"你之前来过这里吗？"安东尼突然问道。

"嗯，来过，大概有十几次吧。"

"我是说这里，咱们现在所在的位置。还是你每次都待在房间里打弹子？"

"天哪，才不是。"

"好吧，也无非是打打网球什么的。这些家中坐拥绿地的人总是不知道要好好利用，反倒是那些风尘仆仆的过客总会嫉妒这些豪宅的主人，幻想着他们在美丽的家园中做着怎样的乐事。"他伸出手臂，指向右边，"这边你来过吗？"

比尔笑着，略带羞愧。

"嗯，不怎么来。不过这条路倒是走了几次；这是往返村庄的捷径。"

"嗯——那好吧。能向我说说马克的事儿吗？"

"你想了解什么？"

"嗯，别总想着他是邀请你做客的主人，也别再考虑他是多么完美的一位绅士，总之不要挂念其他。别管那些人情俗礼，就说说他留给你的印象，你为什么愿意和他交往，你们在这周办了几次这种家庭小聚会，以及你对凯莱的看法，等等。"

比尔热切地看着安东尼。

"我说，你真的想当个侦探？"

"嗯，我需要一份新职业。"安东尼微笑道。

"这乐子可大了。"他辩解道。虽然此时此刻这么说有点不得体，毕竟宅子里刚死了人，他略带迟疑地改了口："刚才的场面可真混乱，不是吗？我的天哪。"

"嗯？"安东尼说道，"请继续，谈谈马克。"

"我对他的印象吗？"

"没错。"

比尔沉默了一会儿；他脑海中并没有关于马克的确切印象，一时间竟然想不到合适的语言来表达。他对马克的印象？

安东尼见他犹豫不决，于是说道："我应该已经提醒过你了，现在又没有记者将你的话语记下来向外发表，你大可不必这么瞻前顾后的。想到什么就说什么，不要有所顾忌。这样吧，我来帮你起个头。如果让你选个地方度过周末的话，你会选择这里，还是巴灵顿呢？"

"唔，这个不好说，还是取决于——"

"让我们来假设,无论你选择哪里,贝蒂都会在场。"

"你这恶棍,"比尔说着,用手肘抵了一下安东尼的肋骨,"这还真不好说。"他继续说道:"当然,在这里他们各方面的安排都非常周到。这倒是事实,我还从没住过这么舒服的房子。无论是房间、菜肴、饮品,还是雪茄,什么都安排得井井有条。我对一切都感到满意。他们服务殷勤,能把你宠上天。"

"真的?"

"真的,"他缓缓地自言自语道,好像有什么新想法在脑海中灵光一现,"他们这里的招待非常好。这就是我能想到的关于马克的一切。他知道你的软肋,所以能让你过得惬意、舒服。"

"什么都帮你安排好了?"

"那是当然。这宅子是个美妙的住所,你在这里从不会无聊,只要这世界上说得出名字的游戏和运动,你在这里都能玩上一把。确实招待得非常好。不过,安东尼,在这里你会有一种晕晕乎乎的错觉,就好像这一切都是为了满足主人的炫耀欲。你得听他的安排。"

"这是什么意思?"

"唔,马克好像对自己招待别人的能力特别自负似的。他做出安排,客人们就必须俯首帖耳地严格执行。打个比方吧,有一天,贝蒂——也就是卡勒汀夫人和我想在饮茶之前来几局网球单打。她可是个网球的狂热爱好者,老是觉得水平要比我高一大截。你也知道的,我这人就不喜欢按常理出牌。马克见我们拿出了球拍,就问我们要到哪儿去。嗯,他已经在茶会后为我们安排了一场差点赛,是他一手策划的,甚至还用红黑墨水列清了比赛规则;奖品都准备好了,你知道,还像模像样的。他还煞有介事地修建了草坪,做了标记。嗯,我和贝蒂自然不愿意破坏赛场了,也准备在饮茶之后痛痛快快地打一场——根据差点赛的规则,我得先让她十五分——但是不知道怎么回事。"比尔住了口,耸了耸肩。

"看来结果不尽如人意,哈?"

"确实如此。差分赛的效果不佳。我想他应该是觉得按照这样的差分比下去也没什么意思。所以我们就不玩了,"他笑道,继续说着,"本来应该是场挺有趣的比赛。"

"你觉得他不会再邀请你到红宅做客了吗?"

"很有可能。好吧,其实我也不知道。这得看情况而定。"

"真的吗,比尔?"

"嗯,还真有点这个意思。他发起火来简直就像个魔鬼。那位诺里斯小姐,你知道她吗?我敢打赌她今后再也不来了。"

"为什么?"

比尔自顾自地笑着。

"我们都是这么想的,真的——至少贝蒂和我是这么想的。这栋宅子好像被鬼魂缠上了。你听说过安妮·帕顿小姐吗?"

"从没听说过。"

"有一天晚饭时马克向我们讲了她的故事。看起来他倒是挺希望自己的宅子中有个鬼魂游游荡荡。他不是什么迷信鬼神的人,不过倒是希望我们都相信安妮·帕顿小姐的存在。但是当贝蒂和卡勒汀夫人真的相信的时候，他似乎又有些不耐烦。这家伙的事儿真多！但诺里斯小姐——你也知道，她是个演员，就装扮成女鬼吓唬人。可怜的马克简直吓得魂儿都飞了。不过这乐趣只持续了一小会儿，你知道的。"

"其他人的反应如何？"

"嗯，其实我和贝蒂事先是知道的。我告诉她——就是诺里斯小姐——千万别干什么傻事儿。我知道马克的脾气。卡勒汀小姐不在场——因为贝蒂不让她去。至于少校，我觉得没什么东西能吓到这家伙。"

"这场'扮鬼'的好戏是在哪里上演的？"

"当时诺里斯小姐从保龄球场一路走过来。你知道，反正闹鬼的传闻就是从那边传过来的。我们当时都聚在那里，坐在月光下，假装等待着女鬼的出现。你知道保龄球场在哪儿吗？"

"不知道。"

"吃过晚饭我带你过去瞧瞧。"

"但愿如此吧——事后马克是不是大发雷霆来着？"

"哦，天哪，那必须的。一整天都闷闷不乐的。你也知道，他就是这种人。"

"他对你们都发火了？"

"哦，对，不过是一个人生闷气。"

"今天早上也是？"

"哦，那倒没有。就像往常一样，他的气性来得快，去得也快，就跟个孩子似的。安东尼，我真没骗你。有的时候他就像个孩子一样。今天早上他的状态不错,昨天也是。"

"昨天吗?"

"就是昨天,我们从没见过他情绪那么好过。"

"通常他都是闷闷不乐的吗?"

"要是你什么都按照他的安排来,他这个人还是挺不错的。这家伙爱虚荣,有点孩子气,就跟我之前告诉你的一样,以自我为中心,其实还是蛮有趣的,而且——"比尔突然住了嘴,"我说,这就差不多了,毕竟这么谈论热情招待你的主人有些不合适吧。"

"暂时先忘了他主人的身份。他现在头上还悬着一张逮捕令呢,现在先把他看做谋杀案的嫌疑人吧。"

"哦,不过你也知道这根本就是胡扯。"

"比尔,可这是事实。"

"好吧,不过我的意思是,这事儿不可能是他干的。他才不会做出杀人这种事儿。听上去似乎可笑,但他可没那么大的胆子。他这个人和我们一样,都会有点小毛病,但这毛病可不足以他去干杀人这么大的事儿。"

"要是孩子气真的犯起来,每个人都会做出杀人这么大的事儿。"

比尔哼了一声表示同意,但也没忘了袒护马克几句。"大家都一样,"他说道,"我就是不相信。我的意思是说,预谋杀人,这可不大像他。"

"假如就像凯莱所说,这是一场意外事故,你说他会不会方寸大乱之后逃走了呢?"

比尔认真地思忖了一会。

"没错,确实有可能,你知道,他在看见'鬼'的时候差点就吓跑了。不过这两者还是有区别的,不能一概而论吧。"

"哦,虽然我不大清楚当时的情况,不过一般受到剧烈惊吓的时候,本能总是会战胜理智。"

说着说着,他们已经走出了旷地,沿着小路穿过了林带。两人并排走在窄路上有些别扭,为此安东尼特意放慢了脚步,拖在后面;直到穿过围网,走上高速公路,两人才又攀谈起来。坡道平缓向下,延伸至沃德海姆镇寥寥数间红顶屋舍之下,教堂的灰色尖塔在环抱的绿树中若隐若现。

"那么现在,"两人都加快了脚步的同时,安东尼说道,"你对凯莱的印象怎样?"

"什么意思?印象怎么样?"

"我想对他再多了解一些。比尔,非常感谢你,现在我对马克的情况有些把握了。现在我们来聊聊凯莱吧——我说的是'真实'的凯莱。"

比尔一脸窘迫,但还是打趣着抗议道自己并不是什么下笔千言的小说家。

"而且,"安东尼继续说道,"马克是个容易读懂的人,但凯莱不一样,他话不多,城府很深,对什么事情都考虑得面面俱到。马克在你面前原形毕现,但凯莱——是个丑陋黑脸的恶棍,不是吗?"

"不过有些女人就喜欢这种丑陋的款式。"

"这倒是事实。就像咱们俩之间,就有人格外受这样的女士们的青睐呢。是个来自加兰德的美女,"他挥舞着左手,"就在那个方向。"

"加兰德是什么地方?"

"嗯,我记得那里曾有个农场,属于一个名叫加兰德的蠢货。不过现在,一个名叫诺伯莉的寡妇住在那里。马克和凯莱常去,诺伯莉小姐——也就是那寡妇的女儿,也来这边打过一两回网球。她好像对凯莱有点兴趣,对我们则爱答不理的。不过凯莱可没时间应付这样的事儿。"

"哪种事儿?"

"陪女孩散散心,问她最近有没有去剧场看看什么好戏之类的。他最近总是很忙。"

"马克会给他安排很多工作吗?"

"对。马克这家伙,只有在看到凯莱为自己忙前忙后的时候才会高兴。要是没有凯莱,真不知道他会有多失落,多无助。而且,有意思的是,要是没有马克,凯莱也跟丢了魂儿差不多。"

"你是说,他喜欢他吗?"

"没错,应该是吧。凯莱能为马克提供庇护。他和马克非常合拍。马克这家伙贪慕虚荣,自以为是,幼稚不堪,毛病一堆。但似乎凯莱喜欢照顾他。他知道怎么帮马克打点一切。"

"好吧——那么他对待客人怎么样,就是对你、诺里斯小姐和其他人?"

"规矩上无可挑剔，就是话不多，你知道的。总是自己忙自己的事儿。通常除了吃饭时间，我们都看不到他。我们都会自己找点乐子，他就不会。"

"那天晚上'扮鬼'的时候他在场吗？"

"没在。我听说，马克返回红宅之后才把他叫出来。我猜马克肯定是帮他舔了舔伤口，安抚几句'别跟女人一般见识'之类的——哈，我们到了。"

他们走进酒店，就着比尔和女主人套磁的空当，安东尼回到了楼上的房间。行李倒是没什么要收拾的。他把发梳收回包中，环视着房间，看看是否还有什么遗落的私人物品，又转身下楼，结清房费。他准备再续租几天；要是在红宅住得不习惯，他还能随时回来；他已经非常严肃地把自己定位成一名侦探了，事实上每次他有了新工作时，除了尽情享受其中妙处，他也总会严肃对待。他还觉得，一旦审讯结束，他可能会没理由再继续堂而皇之住在红宅中。作为一名客人，以及比尔的朋友，他应该会得到马克或凯莱——无论谁是红宅的真正主人——的盛情款待，这样他对下午发生的事件都会丧失公正态度。现在他只是作为一名不可或缺的当事人住在红宅；而且只要他住在红宅，凯莱就不能阻止他的调查。不过，一旦审讯结束，他这双不偏不倚的敏锐双眼仍需要继续工作，无论主人是否同意，也无论自己身处何地，调查终归要继续下去。到那时，与案件毫无瓜葛的"乔治酒家"无疑是最好的居所。

不过有一件事安东尼可以确定。凯莱肯定比他自己宣称的知道的更多。也就是说,他向其他人隐瞒了一些事实。而安东尼就是"其他人"中的一员。如果真是这样,他就要尽力发掘出凯莱所隐瞒的部分,势必会受到凯莱的百般阻挠。那么,审讯结束之后,"乔治酒家"就成了无家可归的安东尼的唯一庇护所。

那么,真相到底是什么呢?即便凯莱真的隐瞒了什么,他也不必感到羞耻。现在对他唯一不利的疑问就是他在带领安东尼跑到上锁的办公室床边的时候,要选择最远的路径,这与他对探员的陈述也不一致。不过这似乎又成了他作为从犯的佐证:他想拖延时间(虽然跑得挺快),为杀人的表兄争取足够的脱身时间。不过这似乎也不是正确的结论,但无疑能够说得通。他向探员陈述的理论却不一定能站得住脚。

不过距离审讯还有一两天的时间。在此期间,安东尼住在红宅里,可以理理头绪。轿车停在门口,他和比尔上了车,酒店老板将行李放在副驾驶的位置上。他们开车返回了红宅。

第八章 "华生，你要一起来吗？"

安东尼的卧室俯瞰着红宅后院的花园。晚饭之前，他换衣服的时候百叶窗还是拉上的。他慢吞吞地脱掉衣服，时不时地往窗外瞟几眼，一会儿自顾自地笑笑，一会儿又皱皱眉，脑海中闪回着今天一天所目睹的新奇事儿。他穿着衬衫长裤坐在床上，心不在焉地用发梳理着乌黑浓密的头发。这时比尔推门而入，叫嚣着：

"我说，你能不能快点，我都要饿死了。"

安东尼停下了梳头的手，抬起头若有所思地盯着来者。

"马克来了吗？"他问道。

"你说的是马克，还是凯莱。"

安东尼笑着纠正了自己："没错，我说的是凯莱。他下楼了吗？我等会就下去，比尔。"他从床上起身，加快了整理仪表的速度。"哦，顺便说一句，"比尔坐在了安东尼的位置上，"你关于钥匙的理论算是破产了。"

"为什么？你什么意思？"

"我刚刚下楼，顺便留意了一下。我们真够笨的，回来的时候也没怎么注意。除了书房的钥匙锁在门外,其他的钥匙都是锁在门里的。"

"是的,我知道。"

"你这臭家伙。我猜你刚才肯定留意过了,是吧?"

"没错,比尔,我观察过了。"安东尼带着歉意说道。

"老兄,我还以为你忘了。这算是给了你当头一棒,你的理论站不住脚了,是不是?"

"我并没有提出过什么理论,只是觉得如果所有的钥匙都是锁在门外的话,那么办公室的钥匙就有可能也在门外。这样一来,凯莱的理论就站不住脚了。"

"好吧,那么现在,钥匙不在门外,我们还是没什么进展。有的钥匙在门外,有的在门内,仅此而已。越来越无趣了。在草坪上我听你说的时候,我还特别喜欢那个钥匙锁在门外,马克拔下钥匙才进屋的说法呢。"

"还会变得有趣的,"安东尼将烟斗和烟丝揣入黑色外套的口袋里,温和地说道,"那我们下楼吧,我准备好了。"

凯莱正在门厅静候着他们。他礼貌地询问客人们是否住得舒适,然后三个人闲聊的话题又回到了宅子上面,尤其是红宅的事件。

"你关于钥匙的说法是正确的。"冷场之后,比尔忍不住说道。相较于其他两人,他有些沉不住气,可能是年轻所致;他觉得要回避大家都关心的话题实在是有些强人所难。

"钥匙?"凯莱茫然问道。

"我们讨论过钥匙到底是锁在门外还是门内。"

"哦,哦,对了,"他慢慢环视门厅,眼光扫过各个房间的门,然后对着安东尼温和的微笑着,"吉林汉姆先生,看来我们都说对了。所以,我觉得这件事儿就没有必要再提了。"

"确实没这个必要了,"安东尼耸耸肩,"你知道的,我就是好奇而已。我还以为自己发现了什么线索呢。"

"嗯,没错。你看,当时你并没有说服我,正像艾尔熙的证词那样,我也不大相信。"

"艾尔熙?"比尔激动地问道。安东尼用探寻的眼光看着他,琢磨着艾尔熙到底是谁。

"是红宅中的女佣,"凯莱解释道,"你没有听到她向探员提供的证词吗?当然了,我曾提醒过波奇探员:小女孩就喜欢捕风捉影,牵强附会。但他还是如获至宝。"

"她都说了些什么?"比尔问道。

凯莱向他们讲述了那天下午艾尔熙隔着门听到的内容。

"当然,当时您正在书房,对吧?"安东尼更像是自言自语道,"有可能她穿过了门厅,而您没有留意?"

"哦,我知道她当时确实在门厅,也确实听到了对话,不过她可能只是听到了零零星星的几个词语,不过——"他突然间住了嘴,有些不耐烦地继续道,"我还是觉得这只是一场意外。我知道这一定是意外。为什么要给马克硬安上一个杀人犯的头衔呢?"

晚饭准备就绪,在他们走向餐厅的途中,凯莱还在兀自喋喋不休:"那样诋毁马克有什么好处呢?"

"确实,有什么好处呢?"安东尼顺着凯莱的意思接茬道。就餐期间,他们谈论的主题却转到了书籍和政治,不免让比尔大失所望。

饭后,大家刚刚点燃了雪茄,凯莱就找了个由头率先告辞了。像往常一样,他还有很多事情亟待处理。比尔则留下来陪伴他的老友。这倒是顺遂了他的心意,因为他正想和安东尼打几局弹子,玩几局牌,然后带着他借着月光到花园散散步,或者满足安东尼的其他需要。

"感谢上帝你能留在这里,"他由衷地说,"要是没有你,我真不知道自己能不能扛下来。"

"我们出去说吧,"安东尼建议道,"外面很暖和,咱们在红宅附近找个地方坐坐。正好我有话跟你说。"

"好哥们,要不咱们去保龄球场看看?"

"好吧,反正你总要陪我去那里,对吧。要是我们在那里谈话,会不会被别人听到?"

"那倒不会。那地方非常理想,你看到就知道了。"

他们迈出红宅的前门,沿着车道向左一路走去。

下午安东尼从沃德海姆过来的时候,走的是另一边的路。要是沿着现在的方向走,就能来到绿地的另一头,最终走上连接斯坦顿的高速路。斯坦顿是附近的一个村镇,距离本地大约三英里远。他们穿过一扇拱门,又走过园丁小屋;也就是说他们已经走到了地产商所谓的"不动产观览区"的尽头,前方就是那片开阔的绿地。

"你确定我们没有走过头吗？"安东尼问道。在车道他侧，月光之下，绿地在眼前静谧地铺开，笼罩着一种虚幻的平和气息；随着他们一步步的前进，这气息也就一寸寸地消殆。

"有点奇怪，不是吗？"比尔说道，"在这个地方盖一个保龄球场确实很荒唐，但我能确定就是附近。"

"好吧，但是我还没有看到。这块地方用来打保龄球倒也足够宽敞了，不过——哈，在那儿！"

他们看到了保龄球场。道路开始向右绕转，前方二十码远开外出现了一条宽阔的绿草小径；再向前，就是保龄球场。一条十英尺宽、六英尺深的壕沟环绕着球场，只留了一条小道通往中心。沿着两三级草阶拾级向下，球场边上有一架木质长椅，以供观战。

"对，就是这。这球场藏得还真够隐蔽的。"安东尼感叹道。"你们把球放在哪里了？"

"就在这边，这栋避暑别墅里。"

他们沿着球场的边缘向前，直到眼前浮现出一处沿沟渠搭建的木质板架。

"嗯，风景尚可。"

比尔笑了。

"这不是给人坐的。下雨的时候用来存放东西。"

他们又沿着球场绕了一圈，正如安东尼所说，看看"是否有人躲在沟里"。然后在长椅上找了个位置坐下。

"那么现在,"比尔说道,"没有其他人了。有什么问题,尽管放马过来。"

安东尼若有所思地吞云吐雾着。片刻之后,他从嘴中抽出烟斗,转向他的老友。

"你准备好扮演华生的角色了吗?"他问道。

"华生?"

"'你要一起来吗,华生'中的那个华生。你准备让我向你解释这么显而易见的问题吗?你非要问这些无关紧要的问题,好给我机会反驳你吗?你非要在我做出重大发现的两三天之后才能恍然大悟吗?因为你能帮助我。"

"我亲爱的安东尼,"比尔兴高采烈地附和道,"这还用问吗?"安东尼没再说什么,比尔却兴致勃勃地扮演起了两个角色:"'从你衬衫前襟上的粉红印记我能断定你今天吃了草莓做的甜点。''福尔摩斯,你真吓到我了。''喷喷,你知道我的手段。你把香烟藏哪儿了?''就在你的波西米亚拖鞋里。''我能请一周的假期吗?'哈哈,当然没问题!"

安东尼微笑着,继续抽着烟。比尔满怀希望地等待了一两分钟,用庄严的语气问道:

"那么,福尔摩斯,我要问问你,你推断出什么来了?有嫌疑人吗?"

安东尼终于开了口。

"你还记得吗?"他问道,"有一回,福尔摩斯问华生贝克街通往二楼租屋的楼梯有多少节?这条路可怜的华生走了不下上千次，但他从来没有数过；而福尔摩斯却理所当然地记了数；你也知道，一共有十七节。这就是观察与非观察之间的差距。华生又一次佩服得五体投地，因为这次，福尔摩斯尤其让他吃惊。但是，我总觉得，福尔摩斯是个笨蛋，华生才是有判断力的人！你的脑子里为什么需要记住如此无用的东西呢？如果你想知道自己住的房子楼梯有几级，你可以随时将房东太太叫过来问问就可以了。俱乐部的楼梯我也走过不下千次，但是如果你现在问我楼梯到底有几级，我可答不上来。你答得上来吗？"

"我也答不上来。"

"但是，如果你真想知道的话，"安东尼随口说着，忽然间转变了语气，"我可以不劳驾看门人，轻松找到答案。"

比尔有些疑惑，他不知道话题为什么会拐到俱乐部楼梯的阶数上来。不过他隐约觉得自己有义务问一下"到底有多少级"？

"很好，"安东尼说道，"现在我就来寻找答案。"

他闭上了眼睛。

"现在我正沿着圣詹姆斯大街向前，"他缓缓开口道，"来到俱乐部门前，走过吸烟室的窗户，一步，两步，三步，四步。现在我面前就是台阶。我走进拐角，开始往上。一步，两步，三步，四步，五步，六步，一个平台。六步，七步，八步，九步，又一个平台。九步，十步，十一步。我现在到了楼上，用了十一步。早上好啊，罗杰斯，又是一个好天气。"问了个好之后，安东尼睁开双眼，回到眼前的现实。他微笑着转头看向比尔。

"十一级，"他说道，"下次再去俱乐部的时候留神数数。一共有十一级，不过我希望马上就能忘掉。"

比尔显然情绪高涨起来。

"太牛了，"他说道，"解释一下啊。"

"这我可没法解释。只要我亲眼看到的，脑海中闪现的，我都能在无意识中记住，这已经成了一种习惯。你知道有这样的一个游戏吧，在一个小盘子里装上各种各样的小玩意儿，让你看三分钟时间，然后撤走，让你回忆你都看到了什么，列出一个清单。对普通人来说，列举出所有的物件太难了，但对我来说，根本不费吹灰之力。我的意思是，我的眼睛可以不受大脑的有意支配迅速编织记忆。比如说，在看着盘子中小物件的同时，我可以跟你大谈高尔夫球，但是，我的清单依旧可以列得丝毫不错。"

"我得说，对于一个业余侦探来说，你真算是天赋异禀。你之前怎么没尝试过这个职业。"

"确实挺有用的，但对陌生人来说，这个能力有些唬人。我们去吓唬一下凯莱，你看怎么样？"

"怎么吓唬他？"

"嗯，我们就问他，"安东尼停下，对比尔挤眉弄眼，"我们就问问他怎么处理办公室的钥匙。"

比尔一时没有听懂。

"办公室的钥匙？"他含糊说道，"你的意思不是——安东尼！你什么意思？我的天！你是说凯莱——那么马克呢？"

"我又不知道马克在哪里——这又是我想了解的另一档子事儿了——但我十分确定马克没有带走办公室的钥匙。因为钥匙在凯莱那里。"

"你确定吗?"

"当然。"

比尔一脸疑惑地望着安东尼。

"我是说,"他几乎带着恳求的语气说道,"别跟我说你其实还是透视眼,能看穿别人的口袋。"

安东尼开口大笑,愉快地否认了。

"那你是怎么知道的?"

"看来华生的角色太适合你了,比尔,你做得相当出色。确切地说,我应该等到最后一章才解释为什么,不过那未免太不公平了。好吧,现在就说。当然啦,我没亲眼看见他拿了钥匙,但是我却知道他拿了。我还知道,今天下午我见到他的时候,他刚刚锁了门,拔出钥匙,放在了自己的口袋里。"

"你是说你当时就看了一眼,然后就记住啦——就用你刚才的方法回忆起来了?"

"不,我当时没有看到他,但我看到了别的东西。我看见了弹子房的钥匙。"

"在哪儿?"

"在弹子房的门外。"

"门外?但刚才我们看的时候可是在门里啊!"

"就是如此。"

"谁把它插到门外的?"

"很明显是凯莱。"

"但是——"

"让我们的思绪先回到今天下午。我当时并没有关于弹子房钥匙的印象，因为一切记忆都是在无意识中形成的。也许，当我看见凯莱撞门的时候，我下意识地闪过一丝念头——隔壁房间的钥匙能不能打开这扇门？诸如此类的想法。在你来之前，我独自坐在窗外的时候，我又把整个场景回想了一遍，突然想起弹子房的钥匙插在外面。于是我想，办公室的钥匙会不会也一样？凯莱来的时候，我说了我的想法，你们都很感兴趣，不过凯莱的反应有点过度了。我敢说你根本就没注意到，可他确实反应过度了。"

"我的天哪！"

"过度反应证明不了什么，其实钥匙也证明不了什么。因为无论红宅中其他钥匙的位置如何，马克都有可能将自己的私人房间从内部上锁。但我反复提及了钥匙的问题，弄得好像这件事儿有多重要似的，就把整个情形改变了。凯莱果然开始担心。我特意告诉他我们将会离开一个小时左右，那么独自待在红宅的他就能做自己想做的事。而且，正如我所料，他根本无法克制这种冲动，进而将全部的钥匙都换了位置。就是这一点出卖了他。"

"但书房的钥匙还是在门外啊，他为什么不一起换了呢？"

"因为他是个自作聪明的家伙。首先，探员当时也在书房，他可能已经注意到了钥匙的位置。其次——"安东尼迟疑着。

"其次是什么？"比尔问道，焦急地等待下文。

"当然我也是瞎猜的。我关于钥匙的分析搞得他心乱如麻。他突然间意识到自己太不小心了，但是时间紧迫，根本容不得他细想。而且，关于钥匙究竟在门内还是门外的问题，他也不希望自己的陈述太过绝对。为了混淆视听才刻意为之。这样一来自己就安全了。"

"我明白了。"比尔咀嚼着他的话，缓缓答道。但他的心思早就飘到了九霄云外。他突然间觉得凯莱十分可疑。他一直以为凯莱和自己没什么区别，就是个中规中矩的普通人。比尔还不时地和他开一些小玩笑，因为凯莱确实对开玩笑不大在行。比尔曾帮他灌香肠、和他打网球、向他借烟丝、借给他高尔夫球棒——但安东尼却说他是什么？至少不是个普通人。这家伙身上还有不可告人的秘密，甚至还有可能是杀人犯。不，人不是他杀的，凯莱绝不可能是杀人凶手。这太扯了。为什么不呢？因为他们曾经一起打过网球。

"那么，华生，"安东尼突然开口道，"该你发表意见了。"

"我说，安东尼，你真的这么认为吗？"

"认为什么？"

"就是凯莱。"

"有把握的话我才会说。比尔，仅此而已。"

"事情很简单，今天下午罗伯特·阿博莱特死在了办公室里，而凯莱恰巧知道他的死因而已。就这么简单。但这并不意味着凯莱就是凶手啊。"

"不，不，当然不是，"听及此言，比尔长吁一口气，"他只不过是在袒护马克，是不是？"

"我不清楚。"

"好吧，但这可是最简单的解释。"

"如果你是凯莱的朋友，而且希望他不受牵连的话，这自然是最简单的解释。但我不是他的朋友。"

"为什么非要把案情搞得那么复杂呢？简单些不好吗？"

"好吧，就算这个解释是成立的。等下我还会为你提供一个更简单的解释。请陈述一下你的看法吧。不过要记住，钥匙是锁在门外的。"

"好的。嗯，我不管钥匙在哪儿。马克进入办公室，会见他的哥哥，他们开始争吵，正如凯莱描述的那样。然后凯莱听到了巨响，为了给马克提供逃遁的时间，他锁上了门，将钥匙装入自己的口袋里，假装这门是马克锁上的，而自己则被关在门外进不去。这个解释怎么样？"

"你没救了，华生，完全没救了。"

"为什么？"

"凯莱怎么知道是马克杀了罗伯特，而不是罗伯特杀了马克？"

"哦，"比尔忐忑地说道，"确实如此。"他想了一会，又说："好吧，假设凯莱之前就溜进了房间，看到罗伯特倒在地上。"

"然后呢？"

"然后，就说得通了。"

"那他是怎么跟马克说的？'真是个晴朗的下午啊，你能借我手绢用用吗？'还是问他究竟发生了什么？"

"嗯，应该是问了'究竟发生了什么'。"比尔不情愿地说道。

"那马克是怎么作答的?"

"就解释说,两人推搡之间左轮手枪走了火。"

"然后凯莱为了庇护他就劝他逃走吗?这是最愚蠢的做法,任何人都可能认定他有罪,只因为他逃跑了!"

"不,逃跑就没希望了,是不是?"比尔又想了想,迟疑着说,"那么,假设马克承认了自己杀人的事实呢?"

"这就对了,比尔,别急着放弃自己'意外杀人后逃逸'的主张。那么,这就是你提出的新理论了。马克向凯莱坦诚了自己蓄意杀人的事实,而凯莱决定就算冒着作伪证的风险也要帮助马克逃跑。我没说错吧。"

比尔点点头表示赞同。

"那么,我有两个问题要问你。第一,正如我在晚餐之前所说,一个人想谋杀别人,会不会采用这么笨的方法?笨到一旦被抓,必然难逃死刑?第二,如果凯莱下定决心给马克作伪证(而且若是如你所说,他已经做了伪证)的话,那他完全可以宣称自己一直待在办公室里,目睹了事件全过程,罗伯特死于意外。"

比尔仔细考虑后,缓缓地点了点头。

"没错,我这个简单的解释确实不成立,"他垂头丧气道,"下面还是说说你的解释吧。"

安东尼没有回答他。他的思绪已经转移到其他的方向了。

第九章　打一场槌球比赛吧

"怎么了？"比尔焦急地问道。

安东尼扬起了眉毛，回头看着他。

"你肯定是又想到了什么。"比尔说道，"究竟是什么？"

安东尼放声大笑起来。

"我亲爱的华生，"他说道，"你比我想的还要聪明些。"

"你能不能别耍我！"

"没有——好吧，我只是想到了你所说的'扮鬼'的事儿。比尔，看来——"

"哦，那件事儿啊，"比尔看起来相当失望，"'扮鬼'的事儿和现在的事件有什么关系吗？"

"我也不清楚，"安东尼说道，略带歉意，"我也不知道两者是否存在着某些联系。我只是好奇而已。如果你不想让女鬼困扰我，就别把我带到这里来。这就是女鬼出现的位置，不是吗？"

"是的。"比尔的回答相当简短。

"怎么回事？"

"你说什么？"

"我说，怎么回事？"

"什么怎么回事？女鬼怎么出现的？这我哪里说得清楚，就那么出现了呗。"

"出现在四五百码之外的绿地上面吗？"

"嗯，要出现的话也只能出现在这里了。因为你知道，人们认为最早的女鬼——安妮女士，就是在这里出没的。"

"噢，别提什么安妮女士了。真正的鬼魂是无所不能的。我想知道的是，诺里斯小姐是怎么在五百码开外的绿地上凭空出现的？"

比尔张大着嘴看着安东尼。

"我——我也不知道，"他结结巴巴地说，"我们从没想过这一点。"

"如果她顺着我们刚刚走过来的那条路过来，你们早该看到她了，对吗？"

"那当然。"

"那么怎么会没看到？你们本该有时间发现她的行踪。"

比尔又开始感兴趣了。

"这还真有意思，安东尼，你看，之前我们当中没人想到过这个问题。"

"你敢肯定，她不是在大家没注意的时候，偷偷穿过绿地的吗？"

"我敢肯定。你看，因为当时我和贝蒂都知道她会来，不断左顾右盼地寻找她。其实我们都串通好了。"

"那么你和卡勒汀小姐都在演戏喽?"

"你怎么知道?"

"通过精妙的演绎推理。然后,你们突然就发现她了?"

"对,她就从草坪的另一边走过来。"他指了指草坪的对面,离红宅较近的一侧。

"她会不会躲在沟渠里呢?——顺便问问,你们把这称为护城河,对吧?"

"马克叫它护城河,但我们私下不会这么叫。我觉得她不可能躲在里边。我和贝蒂比其他人先到一步,就绕着草地散了散步。我们并没有发现她。"

"那么她一定躲在那座小棚子里了——哦,你们将其称为'避暑别墅'。"

"那里是我们打保龄球的必经之处,她当然也不可能躲在那里。"

"哦!"

"越来越有意思了,"比尔想了想,说道,"但这又有什么关系呢?这件事儿和罗伯特的死无关吧。"

"是吗?"

"我说,难道不是吗?"比尔又兴奋了。

"我现在也不能断定,哪件事有牵连,哪件事没有,现在都说不好。不过现在看来诺里斯小姐身上也有些值得挖掘的东西呢。而且诺里斯小姐——"他突然间噤了声。

"诺里斯小姐怎么了?"

"嗯，在某种程度上，每个人都与案件有关联。先是你们当中的一人身上发生了无法解释的事儿，一两天之后，红宅中也发生了无法解释的事儿。你知道，这不会是巧合。这非常有趣。"

虽然这不是他的本意，但却是个很好的说辞。

"我明白了，那么现在呢？"

安东尼敲了敲烟斗，缓缓起身。

"那么现在，我们就回红宅找找诺里斯小姐暗度陈仓的方法。"

比尔跃跃欲试地跳将起来。

"我的天哪！你是说，有密道！？"

"总之是条不为人知的路。一定会有的。"

"我说，这乐子可大了！我就喜欢密道。上帝呀，今天下午我还是个普通商人，像往常一样打着高尔夫球。现在竟然要去找一条密道！"

他们一路向下，迈进壕沟。如果真的有密道通往绿地，那出口多半会设置在靠近红宅的一侧。首当其冲的就是存放保龄球具的棚屋。正如马克亲手设计的其他区域，这里安排得井井有条。这里有两套槌球器具，还有一套箱盖大敞，球、槌棒和铁箍（尽管排放整齐）都有最近使用过的痕迹。除此之外，棚屋内还有一箱保龄球，一台小型除草机，一个滚筒，等等。棚屋后侧陈设着一圈长椅，以备在阴雨天气供球员休息使用。

安东尼用手指扣着后墙。

"看来这里就是密道的入口了。但听上去里边不像是空的，是不是?"

"没有必要断定这里就是入口吧,对不对?"比尔说着,歪着脑袋敲着四周的墙壁。他个子太高了,只能低着头。

"要是入口开在这里,我们就不必东奔西跑四处找寻了。马克真的不允许你们在高尔夫球场打槌球吗?"他指着槌球器具问道。

"从前是门儿也没有。不过今年他好像爱上了这项运动。再说也没有别的地方可以打了。私下里我不喜欢打槌球。其实马克也不喜欢打保龄球,但他坚持把这里称作保龄球场。不过客人们每次都会惊奇地发现,所谓的保龄球场竟然是用来打槌球的。"

安东尼哈哈大笑。

"我就喜欢听你谈论马克,"他说道,"你的信息太宝贵了。"

他开始在口袋中摸索烟斗和烟丝,突然之间又停下,头歪在一边,凝神聆听。他向比尔伸出一根手指,示意对方噤声。

"怎么了?"比尔轻声问道。

安东尼又挥了挥手,再次示意对方安静。他悄无声息地跪下身来,继续聆听着,然后俯下身,将耳朵贴在地面上。然后,他起身,迅速掸了掸身上的土渍,走向比尔,贴耳说道:

"有脚步声。有人来了。等我说话的时候,你帮衬一下。"

比尔点点头。安东尼在他后背鼓励地拍了拍,坚定地走向保龄球箱,一边大声吹着口哨。他取出一个保龄球,重重地扔在地上,夸张地喊道:

"哦,天哪!"

他继续说道:"我说,比尔,我觉得今天不想打保龄球了。"

"好吧,那你刚才为什么说想打?"比尔抱怨道。

安东尼脸上闪过一个微笑,以示赞许。

"我刚才想打,现在不想打了。"

"那你想做什么呢?"

"咱们聊聊天吧。"

"哦,那好!"比尔讨巧地说。

"我记得草坪上有个长椅,咱们带着球过去,万一一会儿想打了呢?"

"那好!"比尔重复道。他估计这句话错不了,在得到安东尼的指示之前,自己不能随便发挥。

他们穿过草坪,突然,安东尼将球丢在地上,拿出了烟斗。

"有火柴吗?"他大声问道。

在他弯身取火柴的时候,他对比尔轻声说:"有人正在听着咱俩说话呢,你假装同意凯莱的观点就好了。"他又恢复了刚才的强调。"你这个火柴不好点啊,比尔,再来一根。"他又划着了一根。两人走向长椅,每人寻了一个位置坐下。

"这夜晚多美啊。"安东尼说道。

"美极了。"

"真不知道马克这个可怜鬼在哪儿?"

"真是个可怜鬼。"

"你觉得凯莱关于意外事故的说法可信吗?"

"当然,你看,我了解马克。"

"嗯，"安东尼抽出铅笔和纸，在膝盖上写着字，一边写，一边和比尔继续交谈。他声称自己认为马克被一时的怒火冲昏了头，射杀了哥哥。凯莱明明知情，或者猜出了端倪，所以才会设法帮助表兄脱罪。

"提醒你一句，我认为马克的做法并没什么错。这是人之常情。你放心，我不会说出去，只是有那么一两件小事，让我觉得马克确实杀了他哥哥——我的意思是说，不是意外走火。"

"而是谋杀？"

"嗯，应该是过失杀人。当然我也可能说错了，毕竟这不关我的事。"

"是什么引导你得出这个结论的？钥匙吗？"

"哦，钥匙的理论已经破产了。虽然，我一直觉得这是个好点子，不是吗？要是所有的钥匙都插在门外的话，这案子早就解决了。"

他停下笔，把纸递给比尔。在皎洁的月光下，纸上横平竖直的字体非常容易辨认：

"就当我还在这里，继续说话，不要停顿。一两分钟之后，要回过头，就像在和坐在草地上的我继续交谈一样。"

"我知道你不同意我的观点。"在比尔读着字条的同时，安东尼继续说道，"但最终你会发现，我说的才是真相。"

比尔抬头，热切地点了点头。他好像忘记了自己世界中的一切，高尔夫球、贝蒂和其他被统统抛在脑后。现在才要动真格的。这才是生活。"嗯，"他开始扮演自己的角色，"关键在于，我了解马克，马克他——"

但安东尼已经从座位上起身，又俯身迈进了壕沟里。他本打算沿着沟底爬，直到能够看见棚屋位置。他适才听到的脚步声就好像是从棚屋下面传来的，可能地板上有个活板门。无论是谁听到了他们的声音，可能都会好奇他们接下来会说什么。他可以把活板门来开个小缝继续偷听，自以为神不知鬼不觉。不过这样一来，安东尼就能轻而易举地找到密道的入口。当比尔转过脸去，对着座位后面说话时，偷听者很可能需要探出头来才能听清，这样，安东尼就能弄明白这个偷听者究竟是谁。而且，即便偷听者冒险爬出藏身之所，越过堤岸顶部偷看，他也只能看到比尔对座位背后大声说话，他会很自然地以为安东尼还在那儿，坐在座位背后的草地上，两腿伸进沟里，悠闲地晃着。

他沿着保龄球场的边缘蹑手蹑脚地快速前行，来到了第一个拐角处。然后又小心翼翼地通过弯道，更加谨慎地绕到第二个拐角处。他能听到比尔在那儿唱独角戏，激烈地争辩，说马克的性格他是了解的，那一定是场意外。安东尼欣慰地笑了笑。比尔是个聪明的滑头鬼，能顶一百个华生。随着第二个拐角处距离的缩短，安东尼放慢了脚步；最后这几码的距离是他手脚并用爬过去的。接着，他趴平了身子，一寸一寸地挪过去。

现在棚屋就在壕沟的正对面，离自己大概有两三码的距离。从安东尼的藏匿之处看去，棚屋之内一览无余。

所有的物件似乎都在原来的位置，没有变动。依次看去，保龄球箱、除燥机、滚筒、盖子大敞着的槌球箱，以及——

"我的天哪！"安东尼兀自惊奇着，"太棒了。"

另一个槌球箱的盖子也是打开的。远处比尔还在回身大谈特谈，他的声音已经很难辨认了。"你知道我是什么意思，"他说道，"如果凯莱——"

从第二个槌球箱中探出了凯莱布满黑发的脑袋。那一瞬，安东尼真想为自己鼓个掌。真是棒极了！他出神地凝望着，目送一只新式槌球戏剧性地从箱子里自动钻出来，然后才恋恋不舍地原路返回。他已经获得了需要的东西，待在这里已经没有意义了。而且比尔的独角戏也差不多要冷场了。安东尼沿着壕沟迅速爬回长椅的后方。他站起身，佯装打了个哈欠，伸了伸懒腰，大大咧咧地说道："好吧，其实你也不必太担心，比尔，我的老伙计。我敢说，没准儿你的看法倒是正确的。毕竟你对马克很了解，而我不是；这就是咱们两人之间的区别。现在，我们是打场比赛，还是回去休息？"

比尔望着安东尼，询问着对方的意见，安东尼也给予回应。比尔说道："哦，那咱们先来场比赛吧。"

"谨遵吩咐。"安东尼说道。

不过此时，比尔的情绪依旧很激动，球不免也打得心不在焉。相反地，安东尼倒是玩得十分投入。他正儿八经地打了十分钟，然后提议回去休息。比尔焦急地望着他。

"没关系啦，"安东尼捧腹大笑道，"想说什么就说什么吧。毕竟我们要等盯梢的人走远了。"

他们向棚屋走去。比尔将保龄球放置好，而安东尼则尝试着掀了掀槌球箱的盖子。不出所料，盖子果然又锁上了。

"那么，"在返回红宅的路上，比尔终于忍不住发问了，"我憋不住了，快告诉我，那个人到底是谁？"

"是凯莱。"

"天哪！他藏在什么地方？"

"就藏在另一个槌球箱里。"

"别胡扯了。"

"千真万确啊，比尔。"他向比尔讲述了自己的所见。

"我们不用回去再看看吗？"比尔略显失望地问道，"我很想回去探索一下，你说呢？"

"沉住气，明天，明天，明天再去。没准我们就能将凯莱抓个正着。而且，如果可能的话，回去之后我想找找密道另外的出口，看看是不是能做到神不知鬼不觉。看，凯莱走过来了。"

他们远远地望着沿着车道步行而来的凯莱。距离又拉近了一些，他们向凯莱挥手致意，凯莱也挥着手，以示回应。

"我还在想你们两个到底去了什么地方。"他又向两人走了几步，"我猜你们走的就是这条路。床还舒适吗？"

"很舒适。"安东尼回应道。

"我们打了一会儿保龄球，"比尔插嘴道，"还聊了会天。然后，然后——就接着打球。夜色真美，不是吗？"

不过在他们返回红宅的路上，比尔还是将话语权让给了安东尼。他有太多的信息亟需消化。毫无疑问，凯莱也有了嫌疑。不过比尔从未和一个谋杀嫌疑犯这么相熟过。他隐约觉得这对凯莱有些不大公平，毕竟他对自己的朋友说三道四了。这个奇怪的世界上有很多怪人，而那些拥有不可告人的秘密的怪人只怕会更多。以安东尼为例，他们在烟草店初次相见的时候，任谁都会相信这家伙只不过是个小帮工。再说说凯莱，一眼看去，谁都会相信他只是一个中规中矩的体面人。还有马克。真见鬼！看来谁都靠不住。不过罗伯特是个异类。因为在所有人眼中，他都是个阴暗的家伙。

但究竟诺里斯小姐和案件有什么瓜葛呢？她是怎么牵扯进来的？安东尼曾在今天下午反复问过自己这个问题，不过现在看来这家伙已经找到了答案。

安东尼躺在床上，将零散的信息条分缕析，从全新的视角观察他们。至于今晚在保龄球场发生的事儿，早就被他扔到大脑黑暗的角落中了。

无疑，悲剧一发生，凯莱就希望把所有的客人都赶走。这是为自己好，也是为他们好。但是，他似乎提得太早了。他们刚收拾好行李，就收到了逐客令。他们都处在凯莱的掌控之下，或走或留，全凭凯莱的一句话，这样大家都安全。于是，客人们没有其他选择，诺里斯小姐提议在枢纽站搭乘一班晚饭后的火车，显然是想看场好戏。可是她的把戏逃不过那些敏锐的眼睛，于是也被婉转但坚决地说服随大家一起乘早班火车。安东尼觉得，与红宅突如其来的惨案相比，凯莱应该没空关心诺里斯小姐的去留。可他却非常在意。安东尼推测：凯莱是故意将诺里斯小姐提前支走的。

那么这又是为什么呢？

目前手上掌握的信息并不能推导出有效的结论。但这却无疑引起了安东尼对诺里斯小姐的兴趣。也正是因为这个原因，他特别留意比尔无意中提到的"扮鬼"的事，打定主意想探个究竟。他觉得，应该进一步调查诺里斯小姐，弄清楚她在红宅的客人中扮演了一个什么样的角色。今晚，纯粹凭运气，他仿佛发现了答案。

诺里斯小姐为什么要匆然离去呢？因为她知道密道的存在。

这样说来，密道就和罗伯特的死亡扯上了关系。诺里斯小姐曾用它以"女鬼"的身份闪亮登场。可能密道是她自己找到的，也有可能是马克某天在私下里透露给她的——他可想不到诺里斯小姐会用它来装神弄鬼。也有可能是凯莱，在他知悉了"扮鬼"计划之后，他也参与到这场恶作剧之中，并指点她从密道中绕到保龄球场，从而引发更加惊世骇俗的效果。无论怎样，诺里斯小姐发现了密道。

所以她非走不可。

为什么呢？因为如果她留下了，很有可能在闲聊中泄露密道的信息。而这正是凯莱所避讳的。

那又为什么呢？很明显，因为密道——或者红宅存在密道这一单纯的事实，会为案情的明朗提供线索。

"没准马克正躲在密道里。"安东尼想着，昏昏沉沉地睡着了。

第十章　吉林汉姆先生说胡话

第二天早上，安东尼精神饱满地下楼吃早饭，发现红宅的主人已经领先一步到达餐厅了。凯莱正读着信件，抬起头看了看他，点头致意。

"有什么关于阿博莱特先生——我是说马克的消息吗？"安东尼为自己倒了一杯咖啡，问道。

"没有。探员提议下午到湖中打捞一下。"

"哦！红宅附近还有湖呢？"

一个微笑从凯莱的脸上一闪即逝。

"嗯，其实只是个小水池，"他答道，"不过我们更喜欢将它称为'湖'。"

"应该是马克喜欢称之为'湖'吧。"安东尼暗暗想着。他大声说道："你们准备打捞什么呢？"

"他们觉得马克——"他停下话头，耸了耸肩。

"发现自己走投无路，于是就投湖了？"

"对，我猜这就是他们的想法。"凯莱缓缓答道。

"我猜他应该带了足够的路费。而且，无论怎么说，他身边还有一把左轮枪。如果他真的不愿意自己被活捉，总会有个体面的方法了结自己的生命，投湖并不是唯一之选。他会不会在警方接到报案之前乘火车逃往伦敦呢？"

"不无可能。这里有一趟直达伦敦的火车。不过警方已经在沃德海姆站安排了人手，他很有可能逃到了斯坦顿。不过对他来说，那个地方人生地不熟。探员已经着手询问了。不过没人见过他。"

"不过在将来，总会有人声称他们见过马克的。一个人消失了，会有至少一打人赌咒发誓，说他们在同一时间、不同地点见过他。"

凯莱笑了。

"没错，这倒是真的。不论怎样，探员还是打算先到池塘里打捞试试看，"他干巴巴地继续说道，"在我读过的侦探小说中，探员们总是先要抽干水塘。"

"池塘水深吗？"

"挺深的。"凯莱起身说道。他走向房门，然后站稳了身形，回头望向安东尼说："很抱歉把你也困在这里了。不过，最迟到明天。明天下午探员就要开始问询了。在此之前请您务必不要拘束。贝弗利先生会替我关照您。"

"万分感谢。我很好。"

安东尼继续吃早餐。也许探员真的想把池塘的水抽干，不过问题在于，凯莱会允许他这样做吗？凯莱对此会焦虑不安，还是根本就无所谓呢？从表面上看，他确实一点都不担心，不过他那张粗糙、凝固的黑脸很善于隐藏情绪,而且真正的凯莱从不会惊慌失措。可能有那么一两次的失态,但今天早上的凯莱表现得相当从容。也许他知道池塘里没有什么秘密。毕竟,探员们都对池塘感兴趣,就由着他们胡闹去吧。

比尔聒噪着走进餐厅。

比尔的面相就是一本打开的书,上面写满了激动。

"那么,"在坐下凝神对付早餐的时候,他开口道,"咱们今天早上的计划是什么?"

"首先,说话小声点。"安东尼淡淡地说道。比尔忧虑地看着他。难道凯莱正趴在桌子底下吗?有了昨晚的遭遇,不得不防啊。

"呃,那个——"他挑了挑眉毛。

"没有。但你最好不要大声嚷嚷。我亲爱的威廉,有教养的人士应该可以控制自己说话的音量、优雅的呼吸。"

"昨晚你的心情很好啊。"

"对,相当好。而且凯莱也注意到了。他曾说,'要不是分身乏术,我倒是宁愿跟你们一起去树林采采坚果。我巴不得到山上走走,绕着桑树丛转转。可惜现在俗务缠身,波奇探员又迟迟不肯撒网。我的朋友威廉·贝弗利先生马上就来陪你。再见了,先生;以及再见了,我鲜美的葡萄果。'说完他就走了。然后您就走进了餐厅,W.贝弗利先生。"

"你吃早餐的时候都这么疯疯癫癫的吗?"

"基本上是这样,"安东尼满嘴都是食物,嘟囔着说,"去吧,

W. 贝弗利先生。"

"你是不是中暑了？太阳晒多了？"比尔忧伤地摇摇头，说道。

"是太阳、月亮和星辰，他们齐齐钻入了我空空如也的肚子里。贝弗利先生，您了解星座的知识吗？打个比方，您知道猎户座星带吗？为什么天上没有一颗名为'贝弗利星带'的星辰呢？为什么也没有以您的名字命名的小说呢？"他一边咀嚼着，一边说道，"W. 贝弗利先生又穿过活板门回来了。"

"那就聊聊活板门吧。"

"不聊，"安东尼说着，站起了身，"还是聊聊亚历山大和海格力斯吧，我才不要谈什么活板门——话说'活板门'用拉丁文怎么读呢？——Mensa a Table！这就对啦！那么，贝弗利先生——"他在比尔的背上重重拍了两下，从他身旁走过，"一会再见啦。凯莱总说您是个开心果，虽然您从未成功地把我逗乐过一次。在您享用早餐期间，您最好努力把自己变得更幽默些。祝您用餐愉快。"说着，吉林汉姆先生离开了宽敞的餐厅。

比尔在一种诡异的氛围中继续吃着早餐。他不知道凯莱会不会正蹲在背后的窗外抽烟，也许他没在听——甚至无意识中也没在听他们说话。但是在安东尼看来，这个险是不能冒的。于是比尔自顾自地吃着早餐，心想安东尼真是个怪人，也许昨天发生的事他早抛到九霄云外去了。

安东尼回到楼上的卧室取烟斗，一位女佣正在打扫客房。他礼貌地向对方致歉。突然间他想起了什么。

"请问您是艾尔熙吗？"他问道，挤出一个无懈可击的友善微笑。

"是的，先生。"艾尔熙答道，有些腼腆，又有些骄傲。她知道自己现在已经声名远扬了。

"昨天您听到了马克先生的谈话，是吗？我希望探员没有难为您。"

"没有。谢谢您，先生。"

"那好，这次轮到我了，你等着。"安东尼好似自言自语道。

"没错，就是这些，先生。语气凶凶的，好像他的机会终于来了一样。"

"我不明白。"

"可这就是我听到的原话，先生。"

安东尼若有所思地看着她，点点头。

"毫无疑问，我不明白，我不明白为什么。"

"什么为什么，先生？"

"哦，很多事，艾尔熙——你是偶然路过门外吗？"

艾尔熙涨红了脸，她还记得史蒂文斯夫人是如何告诫自己的。

"当然，先生。因为通常状况下我会走另一边的扶梯。"

"当然。"

安东尼找到了烟斗，正准备下楼，却被艾尔熙拦下了。

"先生，我很抱歉，不过审讯马上就要开始了，对吗？"

"哦，是的，据说是在明天。"

"我必须做出证言吗,先生?"

"当然,不必害怕。"

"我真的听到了,先生,真的。"

"为什么要害怕呢?你当然听到了。有人说你没听到吗?"

"其他人,史蒂文斯夫人她们。"

"哦,那是因为她们嫉妒你。"安东尼微笑道。

他很高兴能与艾尔熙交谈,因为他立即意识到了这证词的重要性。对于探员来说,艾尔熙的证词只能说明马克曾经对哥哥采取了带威胁性的态度。而对于安东尼,这些证词的意义大得多。这是唯一一条确凿的证据,证明马克昨天下午确实进了办公室。

那么是谁目送着马克进入办公室的呢?只有凯莱。如果凯莱隐瞒了关于钥匙的真相,为什么就不会在马克是否进入办公室这件事上撒谎?很明显,凯莱的证词都不足为信,有些根本就站不住脚;但他出于某种目的还是做了证言,真假交错,虚实难辨。他的目的究竟是什么,安东尼还不得而知,可能是为了保护马克,保护自己,或者出卖马克也说不定。不过既然他的证词都出于自己的目的,那就不能把他作为公正的旁观者而相信他的证言。艾尔熙倒是一名合格的证人。

艾尔熙的证词非常关键。如她证言所描述,马克确实走进了办公室会见哥哥,艾尔熙也听到了双方的交谈,然后安东尼和凯莱就发现了罗伯特的尸体。而探员现在却想要抽干水塘。不过,艾尔熙的证词只能说明马克确实去了办公室。"这次轮到我了,你等着。"这并不是一个直接的威胁——而是未来的警告。如果马克在威胁了哥哥之后立即开枪射杀了他,那只能说明是意外:马克用"恶狠狠"的语气威胁了哥哥,两人扭打在一起,然后手枪走了火。如果真的要立即开枪射杀某人的话,凶手肯定不会说出"你等着"这样没来由的话。

"你等着"的意思是:"你等着,看看今后会发生什么。"红宅的主人已经收到了来自哥哥的压榨和勒索,现在是马克扬眉吐气的时候了。让罗伯特等着,他会看到自己的下场。艾尔熙偷听到的对话可能正是这个意思。它与谋杀无关,至少不该是马克杀罗伯特。

"真有趣,"安东尼想着,"最简单且最明显的结论呼之欲出,但无疑是错误的。现在我脑子里很乱,信息很多却对不上号。下午过后,脑子里的信息只怕会更乱。我可忘不了今天下午的事儿。"

他在门厅找到比尔,提议出去走走。比尔已经有些迫不及待了。"我们去哪儿?"他问道。

"去哪儿都无所谓,带我到绿地转转吧。"

"好嘞。"

他们一同走出红宅。

"我亲爱的华生,"在他们走出房门后,安东尼说道,"以后在宅子里说话,记得要压低声音。一位绅士就站在窗外,你的身后,一直没离开过。"

"哦,我说,"比尔的脸红了,"我很抱歉,不过你为什么要说那些胡话?"

"可以这么说吧,但也有其他原因——我今早确实觉得挺高兴的。今天够我们忙活的。"

"是吗?忙什么?"

"捞池塘。啊,对不起,是捞湖。湖在哪儿?"

"我们正在往湖边走呢,如果你想看看的话。"

"我们得好好看看湖。你平常经常去湖边吗?"

"哦,不,那里没什么好玩的。"

"你不游泳?"

"嘀嘀,水太脏了。"

"让我看看……这条路昨天我们走过的,对吗?通往村庄去的。"

"对,我们直接朝右边走的。那些人在捞什么?"

"马克。"

"哦,真是胡闹。"比尔不安地说。他沉默了一会儿,念及曾经一起探险的欢乐时光,他似乎将所有的烦恼抛在了脑后,急切地问道:"我说,我们什么时候去找密道?"

"只要凯莱还在红宅里,我们就不能大张旗鼓。"

"那今天下午怎么样?他们会去池塘边打捞,我敢肯定他们都得去。"

安东尼摇摇头。

"下午我有一些必须办的事儿,"他解释道,"不过,时间也可能来得及。"

"你说的另一件事儿也需要避开凯莱吗?"

"嗯，我觉得需要。"

"我说，是什么好玩的事儿吗？"

"我也不大清楚。不过应该挺有趣的。其实其他时间也能做，不过我觉得还是在下午三点钟完成比较好。我会特意留在红宅中。"

"我说，多有意思啊！你会需要我的，不是吗？"

"当然，你是我的左膀右臂啊。不过，比尔，在我开口之前，不要和红宅中的任何人搭话。扮演好你华生的角色。"

"听你的，我保证不会。"

此时他们已经来到了池塘——也就是马克口中的"湖"——边，默默地绕着湖行走。当他们兜过一圈之后，安东尼在草地上坐下，又点燃了烟斗。比尔也有样学样。

"嗯，马克并不在这。"安东尼开口道。

"不在，"比尔说道，"至少，我不确定你是怎么知道的。"

"不是知道，而是猜到，"安东尼加快了语速，"如果你真的想自杀的话，吞枪要比溺水容易得多。如果马克想站在湖边开枪自杀，好让尸体沉入湖底，不被发现，那他得在衣袋里塞点大石头。可是唯一能找到的大石头都聚在池塘边，如果被搬动过，会留下痕迹。现在什么痕迹也没有，可以想象他没——打扰池塘的宁静。这份宁静可以一直保持到今天下午。比尔，想不想知道密道的入口在哪里？"

"当然，不过这不是我们今天要去寻找的吗？"

"没错，不过你看，我的想法是这样。"

他向比尔解释道，他认为密道的存在和罗伯特的死是相关的，然后说道：

"我的理论是，马克大约在一年前发现了密道，同时也迷上了槌球。密道通向棚屋的地下，因此他在活板门上仿制了一个槌球箱——说不定还是凯莱的主意——来掩盖这一秘密。你知道，一旦你发现了某个秘密，就觉得好像这秘密别人也很容易发现似的。我可以想象到，马克非常喜欢拥有这类小秘密；只有他和凯莱知道，考虑到他和凯莱这么亲密，就算让后者知道了也不足为虑。他们建造机关，让密道隐藏起来，而且很享受这个过程中的乐趣。可是，当诺里斯小姐打算扮鬼的时候，凯莱却泄露了这个秘密。也许他指点她说，要是直接走进保龄球场，就肯定会被人发现，然后又告诉她自己知道一条路可以神不知鬼不觉地进去，于是她就遵照他的指示——"

"不过这是在罗伯特到达两三天之前的事儿了。"

"没错。一开始的时候我并不认为密道的存在有什么不对，对于三天前的马克来说，这不过是一个富有浪漫冒险精神的私人秘密，因为当时他还不知道罗伯特要来。不过最近密道被用过了，而且和罗伯特的案情相关。可能马克是从密道逃走的，也有可能他目前正躲在里面。这样一来，唯一能够泄露秘密的就是诺里斯小姐。不过，她并不知道密道和案情是存在关联的。"

"所以把诺里斯小姐支开会比较安全了？"

"没错。"

"不过，你看，安东尼，为什么你还要纠结密道另一侧的入口位置呢？我们可以从保龄球场那端进入密道探个究竟啊。"

"我知道，不过这样一来我们就得大张旗鼓地干。这就意味着，我们需要强行打开槌球箱，凯莱就必定会发现。你瞧，比尔，如果接下来的一两天我们还是一无所获，就要报告警方，让他们去探索地道了。但我不想这样。"

"确实。"

"所以我们目前还是要保持低调。这是唯一的方法，"他微笑着补充道，"而且这样会更有趣。"

"确实！"比尔咯咯笑道。

"很好，那么，密道的入口到底在哪里呢？"

第十一章　西奥多·厄舍尔神父

"有一件事咱们必须立刻搞清楚,"安东尼说道,"如果我们现在不着手办的话,将来搞清楚的可能性就微乎其微了。"

"你是说我们就没有时间了吗?"

"不仅没有时间,可能连机会都没有了。对我这样的懒人来说,时间和机会都相当宝贵。"

"可是,如果我们搞错了方向,太紧的时间会让这事儿变得更加艰难。"

"方向确实难以判定,但观察就相对容易些。比如,密道的入口可能就在凯莱的卧室。当然,现在我们知道这完全是不可能的。"

"关于密道,我们现在可算是什么都不知道。"比尔抗议道。

"我们——必须设定好搜索的目的。很显然我们不能直眉瞪眼地闯入凯莱的卧室,敲打他的衣橱门。所以,如果我们想找到密道的入口,就必须假设它并不在凯莱的卧室里。"

"噢,我明白了,"比尔将一截草茎丢入嘴中,若有所思地嚼着,"不管怎样,入口都不会在楼上,是不是?"

"很可能不在。好吧，我们现在就走吧。"

"厨房之类的房间也可以排除，"比尔又考虑了一会，说道，"这些地方我们就不用找了。"

"没错，还有酒窖——如果这里有酒窖的话。"

"那么，剩下的房间也不多了。"

"不，其实我们只有百分之一的机会找到它。不过我们必须确定在能够安全进出的房间中，那里的可能性最大。"

"我们能去的地方也不多，"比尔说道，"像起居室、楼下的餐厅、书房、门厅、弹子房和办公室。"

"对，也就是这些了。"

"那么，办公室的可能性最大了，不是吗？"

"对，不过我们忽略了一件事。"

"忽略了什么？"

"嗯，我们可能一开始就搞错了位置。你好好想想，密道的入口应该开在距离出口最近的位置。若密道穿过红宅的话，距离会更长，这样有什么意义呢？"

"有道理。那你觉得应该是在餐厅还是书房呢？"

"还是书房吧，对我们来说，这个地方更可疑。餐厅总会有用人进进出出，我们可没机会在那边待太久。而且，别忘了另外一件事。密道这个秘密马克保守了整整一年，如果入口设在人多嘴杂的餐厅，那么诺里斯小姐在用过晚餐后直接钻入密道，别人会看不见？这未免也太冒险了。"

比尔迫不及待地站起身。

"来吧，"他催促道，"我们先去书房碰碰运气。如果凯莱半路上闯进来，我们还能假装是在找书。"

安东尼慢吞吞地起身，拉住比尔的胳膊，返回了红宅。

无论密道入口是不是安置在这里，书房都值得一探。安东尼总是会对别人家的书架产生浓厚的兴趣。甫一走进书房，他就饶有兴趣地四下打量起来，看看主人都有哪些书，哪些书主人没有读过，还原封不动地保持着刚被购入的状态——主人买来这些书只是为了衬托红宅的整体品位。马克颇为自己的书房自豪，藏书的种类也相当丰富：有从父亲那里继承来的，有出于兴趣而买的，有从他那里得到资助的作家赠送的，还有因为精装本很漂亮而专门订购的。有的书和书架的形制很相配，有的书则是文明人的必备良品。在这个书房中，无论客人的品位如何，都能找到适合自己的读物，新版本，旧版本，应有尽有。

"你喜欢读哪类书呢，比尔？"安东尼问道，目光在各个书架上逡巡，"还是你只喜欢打弹子？"

"有时候我会读读《羽毛球》杂志，"比尔答道，"都在这边的角落里。"他向安东尼挥着手。

"这边吗？"安东尼向角落走去。

"对，"他说着，随后又迅速更正了自己，"哦，不是，这些不是《羽毛球》杂志。在右边的架子上。一年前，比尔改变了书房的陈设。花了一周的时间才弄好。数量真吓人，不是吗？"

"这样一来就很有趣了。"安东尼坐下，往烟斗中填着烟丝，说道。

书房中确实有多得"吓人"的书。书房的四面墙，从地板到天花板，堆砌得满满当当；只留出了一扇门、两扇窗的空当。在比尔看来，在书房中寻找密道的计划算是彻底行不通了。

"我们得把每本该死的书都拿下来，"他说道，"不然我们肯定找不到密道。"

"无论怎样，"安东尼说道，"我们把书一本本拿下来，没人会怀疑我们在干坏事。人们走进书房，不就是为了把书从书架上取下来吗？"

"但这数量未免太多了。"

安东尼的烟斗正稳稳地燃着。他站起身，溜溜达达到正对着门口的书墙下。

"那么，我们来看看，"他说道，"看看数量是不是真的像看上去那么多。嘿，这是你的最爱，《羽毛球》杂志，你说你经常读这杂志吗？"

"我读书不多，不过只读这个。"

"很好，"安东尼上下扫视着书架，"都是旅行和运动类，我就喜欢读读旅行的书，你呢？"

"都很无聊。"

"好吧，不管怎样，这些书也会有些受众。"安东尼用嗔怪的口气说道。他又漫步到下一排书架边："接下来是戏剧类，复辟时代戏剧家的杰作。其中大多数都不错——不管你怎么看，反正不少人喜欢这些书。萧伯纳、王尔德、罗伯逊，我喜欢看剧本，比尔。爱看剧本的人不多，但爱看的都是戏迷。让我们继续看看。"

"我说,我们的时间可不多了。"比尔不安地说。

"确实不多了,所以我们一分一秒都不能浪费。下面是诗歌。现在还有谁喜欢读诗歌?你上次读《失乐园》是什么时候,比尔?"

"从没读过。"

"我想也没有。那么卡勒汀小姐上一次为你朗诵《远足》是什么时候呢?"

"其实贝蒂卡勒汀小姐最感兴趣的是那个乞丐的名字。"

"他的名字无关紧要。你的话已经够多了。我们继续吧。"

他又漫步到下一丛书架前。

"传记类,哦,数量可真多。我喜欢读传记。你是约翰逊俱乐部的会员吗?我敢打赌马克肯定是。《宫廷回忆录》,哈,我敢肯定卡勒汀小姐读过这本书。不管怎样,传记差不多和小说一样有趣,那我们就不必在这里浪费时间了。我们继续。"他转身走向下面的书架,突然间轻巧地出了声口哨:"哈哈!"

"怎么了?"比尔已经有些沉不住气了。

"站在那里别动,比尔,我们已经很接近了。布道书,布道书。那可敬的父亲是位牧师,对吗?还是马克天生喜欢收集布道书?"

"我记得他父亲是一名教区牧师。哦,没错,就是这样。"

"哈,那么这些就是他父亲的书了。《与神共度半小时》,我回去的时候也准备订购一本。《迷途的羔羊》《琼斯论三位一体》

《圣保罗书注》,哦,比尔,我们太幸福啦。《狭窄之路:西奥多·厄舍尔神父的布道书》!"

"又怎么了?"

"威廉,我的灵感来了。靠边站站。"他从书架上抽出西奥多·厄舍尔神父的经典著作,满怀欣喜地盯着看了一会,然后将书拍到比尔手中。

"来,你先拿一会儿。"

比尔顺从地接过来。

"不,现在还给我。你先去门厅,如果听到凯莱的动静,就大声说'嗨',声音越大越好。"

比尔蹑手蹑脚地走了出去,静静聆听了一会,然后返回来。

"一切正常。"

"很好,"安东尼又把书抽了出来,"那么现在,你继续拿着厄舍尔神父的书。用左手。你得把右手腾出来,当我喊'拉!'的时候,你要慢慢地拉,可以吗?"

比尔点点头。一脸的兴奋。

"好——"安东尼把手伸进厚厚的厄舍尔著作留出的空当,手指拨弄着书架的背板。"拉!"他说。

比尔开始用力拉。

"好,慢点,就这么拉。马上就成功了,并不困难,你看,只要保持拉力。"他一面说,一面手指摆弄个不停。

忽然,整排书架,从上到下,像扇门一样朝他们打开了。

"我的天哪!"比尔放开书架,看着它缓缓打开,惊叹道。

安东尼把书架推回原位,从比尔的手中抽出厄舍尔的布道书,塞回空当,然后拉住比尔的胳膊,把他拉到沙发旁,让他坐下,然后站在比尔的身前,深深地鞠了一躬。

"小孩子的把戏,"他说道,"华生,不过是小孩子的把戏而已。"

"这怎么可能!"

安东尼释怀地笑了,挨着比尔坐在沙发上。

"别让我来解释,"他拍着比尔的膝盖说道,"你的'华生范儿'越来越纯正了呢。你做得很好,真的,我很欣慰。"

"先别说没用的,我真想知道,安东尼。"

"哦,我亲爱的比尔!"他静静地抽了几口烟,继续说道,"只要你发现了,秘密就不再是秘密了。可是一旦你发现了它,你又觉得奇怪,为什么别人居然发现不了它,它怎么能成为秘密?这条暗道已经有些年头了,一头在书房,另一头通小棚子。马克发现了他,于是他立刻觉得人人都能发现它。于是他在密道的那头加了个槌球箱,而在这头,他也得增加点难度,"他停下来,看着比尔,"你说他是怎么做的?"

但比尔还是表现出一副"华生范儿"十足的不解神情。

"怎么做的?"

"很明显他重新摆放了书籍,也许有一回,他只是碰巧拿出《尼尔森的一生》或者《三人同舟》之类的书,无意中发现了秘密。理所当然的,他会觉得每个人都可能取出《尼尔森的一生》或者《三人同舟》。于是他想,要是没人愿意碰那个有机关的书架,密道就安全了。你刚才提到,一年前他重新整理了书籍,那差不多就是槌球箱出现的时候,我已经猜到其中原委了。所以,我在找书房里最无聊的书——没人爱看的书。哈,显然,说到时无聊的话,塞满维多利亚时代牧师布道书无出其右。"

"好吧,我明白了。那机关的具体位置你是怎么发现的?"

"嗯,他肯定会用什么特殊的书作为暗记。我想,这本书既然叫作《狭窄之路》,很有可能就在提示着密道的入口。一试,果不其然!"

比尔听着,若有所思地点了几次头。"没错,真巧妙!"他说道,"你真是个机灵鬼,安东尼。"

安东尼哈哈大笑。

"听你这么一说,我也觉得自己很聪明,虽然这样不够矜持,但我依然很高兴。"

"好,那我们走吧。"比尔说着,站起身来,向安东尼伸出一只手。

"走?去哪儿?"

"当然是探密道啦!"

安东尼摇摇头。

"为什么不去?"

"你觉得咱们能在密道里找到什么?"

"我不知道,不过你不是认为密道里会有线索吗?"

"你是说我们会找到马克吗?"安东尼静静地问道。

"我说,你真的认为他就躲在里面吗?"

"我猜的。"

"哈,这不就得了。"

安东尼走向壁炉,敲出烟斗中的宴会,转身面向比尔。他久久地凝视着,一言不发。

"万一找到了他,你准备和他说些什么?"最后他开口道。

"你什么意思?"

"你是准备逮捕他,还是帮他逃跑?"

"我——我——哈,我当然会——"比尔支支吾吾,最后只好说道,"我不知道。"

"的确。我们需要理理思路,不是吗?"

比尔没有搭腔。他脑子里已经乱成一锅粥。他皱着眉,像困兽一样在房间中兜着圈子,不时地停下来瞅瞅新发现的暗门,仿佛能透过墙看穿暗门背后的世界似的。如果必须作出选择,他会选哪边?是人情,还是法律?

"你知道,你不能仅仅对他说'嗨,你好'。"安东尼在恰当的时机打断了比尔的思绪。

比尔抬起头,看着对方。

"你也不能这么说,"安东尼说,"'这是我朋友吉林汉姆先生,他留在红宅住几天。我们……正想穿过密道去打保龄球。'"

"是的,太难搞了!我不知道要说些什么,我都快把马克忘干净了。"他踱到窗边,看着窗外的草坪。一名园丁正在修剪草坪边缘——毕竟即使屋主人失踪了,也不能任由草坪荒废。今天又会是酷热难耐。见鬼,显然他已经把马克忘了个干干净净。他怎么能把马克想象成一名在逃的杀人犯、一个因为触犯法律而亡命天涯的坏人？一切都跟昨天没什么两样，太阳照常升起，阳光普照大地，昨天他们还在无忧无虑地打着高尔夫球，而这一切刚刚只过了二十四小时。他多希望这惨案从未发生过，自己只是在和安东尼玩一场侦探游戏！

他转向对老朋友说："都一样，你想找到密道，现在你做到了。难道就不想进去瞧瞧？"

安东尼抓住他的手臂。

"我们还是出去把，反正现在不能进密道。太危险了，而且凯莱就在附近虎视眈眈。比尔，我也有同样的感觉，有点害怕。但是我又不知道究竟在怕什么。无论怎样，你都会与我并肩作战，对吧？"

"是的，"比尔坚定地说道，"言出必行！"

"那么，如果有机会，我们下午再探密道。如果没机会，就今天夜里干。"

他们穿过门厅，再次沐浴在阳光里。

"你真觉得我们可能在密道里遇到马克？"比尔问。

"有可能的，"安东尼答道，"要么是马克，要么是……"他喃喃自语："不，现在还不能往那里想。那太恐怖了！"

第十二章 墙上的阴影

在过去的约莫二十个小时里,波奇探员马不停蹄地忙碌着。他向伦敦拍了电报,详细描述了马克失踪前的穿着,一套棕色的法兰绒套装。他又向斯坦顿方面确认,是否有人看见如此装束的人在下午四点二十分许离开。根据他所掌握的线索,马克很有可能在伦敦警方布下暗网前就已经溜之大吉了。不过,事实上,案发当天正值斯坦顿的集市开市,小镇吸引了比平时数量多得多的游客,所以无论马克在四点二十之前离开,或者罗伯特在两点十分到达,都不会特别引人注目。正如安东尼对凯莱说过的那样,总有一些人会声称他们在何时何地见过警方感兴趣的人,编出一个以假乱真的故事来。

罗伯特在两点十分到达确实是板上钉钉的事。但是,想在审讯前搜罗到更多关于他的线索确实难上加难。村镇的居民们只知道马克和罗伯特在幼年时确实生活在一起,这一点凯莱也可以佐证。他并不是个称职的儿子,当年也是匆匆去了澳大利亚;自此之后,村民们再也没有见过他。弟弟在家锦衣玉食、养尊处优,哥哥在外寄人篱下、风餐露宿;除了这待遇上的不公之外,是否还有造成这对兄弟反目的其他原因,波奇探员不得而知,这一切都要在抓到马克之后再作定夺。

找到马克才是当务之急。打捞池塘收效甚微,但这会在明天的法庭上为自己加分——毕竟波奇探员正在努力破案。当然,如果他能找到那把左轮手枪,即使逮不到马克也总算有了点补偿。"波奇探员发现了凶器"将成为当地报纸的头版头条。

波奇又志得意满,他走到池塘边,几名部下已经等在那里。他愉快地与吉林汉姆先生和他的朋友贝弗利先生打招呼。"下午好,"他微笑着说,"你们两位来帮忙?"

"其实您并不需要我们的帮助。"安东尼还以温暖的微笑。

"只要你们想来,我随时欢迎。"

安东尼的身子微微一颤。

"事后您可以向我透露一些您的发现,"他说道,"顺便提一句,我希望'乔治酒家'的老板没有在您的面前说我的坏话。"

探员迅速地回看了他一眼。

"好吧,你是怎么知道的?"

安东尼深深地鞠了一躬。

"因为我相信您是一名非常高效的警探。"

探员爽朗地笑了。

"您猜得没错,吉林汉姆先生。虽然您的底子很干净,再确认一下也不为过,您说呢?"

"那是当然。好吧,祝您好运。不过我觉得池塘中应该不会有什么发现。毕竟对方是个逃犯,逃亡途中来这里转一圈也没什么意义。"

"凯莱先生建议我搜查池塘的时候,我也是这样说的。不过我想,捞一捞也没有什么坏处。在这个案子中,什么新鲜事儿都有可能发生。"

"您说得没错,警官先生。那我们先失陪了。祝您下午愉快。"安东尼谦逊有礼地微笑道。

"也祝您下午愉快,先生们。"

"下午愉快。"比尔回应道。

安东尼目送着探员远去的背影,呆呆地站了一会儿,直到比尔最后等不及,摇晃他的手臂,问他到底怎么回事儿。

安东尼缓缓地摇着头,一遍又一遍。

"我不知道,真的不知道。我想到的事,太邪恶了。他不可能那么冷酷。"

"他?谁?"

安东尼没有回答,相反,他转身走到了之前花园中的长椅旁,坐了下来,双手托着头冥思苦想。

"哦,我希望他们能有所发现,"他喃喃道,"有发现最好。"

"你说池塘里?"

"对。"

"你希望他们发现什么?"

"什么都行,比尔,什么都行。"

比尔有些生气了:"我说,安东尼,这可不行。你到底在搞什么?别这么神神鬼鬼的好不好?你到底怎么了?"

安东尼抬起头，一脸讶异地看着对方。

"你没听到他刚说的话吗？"

"你到底指的是什么？"

"是凯莱建议探员打捞池塘的。"

"噢！噢！我说，"比尔又兴奋起来了，"你的意思是，他在水里藏了点假线索？他指望警察捞到那东西，好误导他们的判断？"

"希望如此，"安东尼认真地说，"但是我怕……"他欲言又止。

"怕什么？"

"怕他没藏什么东西，怕……"

"嗯？"

"如果要把十分重要的物件藏起来，哪儿最安全？"

"没人会注意的地方。"

"还有更好的地方。"

"哪儿？"

"别人已经搜查过的地方！"

"我的天！你是说，等池塘打捞一结束，凯莱就会去那儿藏点东西？"

"是的，恐怕是的！"

"可是，这有什么好怕的？"

"因为我认为，那会是非常重要的东西，重要到……不能藏在其他任何地方。"

"什么东西?"比尔着急地问。

安东尼摇摇头。

"不知道,我不想再讨论了。我们先等等,看看探员是否能有所发现。他可能会有些收获——不过我不知道——这会不会是凯莱预先放在那里的假线索。如果还是一无所获,我敢肯定凯莱今晚肯定会把什么东西藏在池塘里!"

"那到底是什么呢?"比尔再次问道。

"我们会搞清楚的,比尔,"安东尼说,"因为今晚我们会守在池塘边。"

"我们是要监视他吗?"

"对,不过前提是探员确实一无所获。"

"那太好了。"比尔说道。

如果非要在凯莱和法律之间作个选择,比尔倒是知道自己的偏倚。昨天的惨案发生之前,他和这两表兄弟之间的关系都不错,至少并不交恶。其实,相较之下,他更欣赏沉默寡言却老成持重的凯莱——毕竟马克太轻浮了。虽然从表面上看来,凯莱的性格有些消极,但凯莱非常善于隐藏,不暴露自己的弱点;这对于红宅的实际主人来说太重要了,毕竟他经营着一栋不断有访客光顾的房子。相反,马克的弱点却让旁人一览无遗,比尔不用想都能说出一大堆来。

不过,虽然早上他会对"马克还是法律"的抉择大伤脑筋,不过如果对方是凯莱的话,他肯定毫不犹豫地倒向法律一边。毕竟,马克没有冒犯过自己,而凯莱做的就有些过分了:这家伙竟然偷听了他和东尼之间的私人谈话！要是法律需要的话，他倒是乐意看到凯莱被推上绞刑架。

安东尼看了看表，站起身来。

"走吧，"他说，"现在去做我之前说的那件事。"

"探密道？"比尔跃跃欲试。

"不，是我之前说的，下午咱们要做的事。"

"哦，那当然。不过我们要去做什么？"

安东尼没有说话，相反，他带着比尔走向办公室的房门。

此时正值下午三点，距离昨天安东尼和凯莱发现尸体正好二十四小时。昨天下午刚满三点的几分钟后，安东尼曾经在隔壁房间把头伸出窗外查看，突然他吓了一跳，发现门开着，而凯莱则站在他身后。那时他觉得奇怪：自己为什么希望门应该关着？不过那时候没时间细想，所以他决定以后有机会再好好研究一下。也许，这只是一时心惊，但是，也许它意味着什么秘密。今天上午他也有机会到办公室再探查一番，但是他认为当所有条件最相似时，做实验的效果最好，最能找回昨天下午的感觉。所以，他决定下午三点重访办公室。

在比尔的尾随下，安东尼再次走进办公室的时候，感到全身一阵战栗：两扇门间的地板上，罗伯特的尸体虽然已经不在，但地毯上的灰暗的血渍仍旧标识着受害者头部的位置。就像二十四小时之前那样，安东尼再次在血渍旁边跪下。

"我想再彻查一遍，"他说道，"现在你来扮演凯莱。凯莱当时说他要去取些热水。我记得当时自己曾问，人已经死了，就算打来热水也于事无补。所以他很可能只是想做点什么，好让自己宽心些。他回来的时候拿着一块湿海绵，和一块方手帕。我猜这手帕是从抽屉里拿出来的。稍等一下。"

他站起身走进旁边的房间，环视了一下，拉开了一两个抽屉；在关闭了所有门之后，又回到了办公室。

"那边确实有海绵，右手边最高层的抽屉里也有几块手帕。那么现在，比尔，你就假装自己是凯莱，你说自己要去取些水，然后站起身来。"

虽然感觉有些荒诞不经，但比尔还是一直跪在安东尼的身边从头听到尾，然后站起身来，走出了办公室。安东尼也像昨天一样，目送着老友走出去。比尔走进右侧毗邻的房间，打开抽屉，拿出手绢，又用海绵沾了点水，走了回来。

"然后呢？"他好奇地问道。

安东尼摇摇头。

"感觉完全不对，"他说道，"首先，你怎么会弄出这么大声响？凯莱却能走得悄无声息。"

"也可能是凯莱进门的时候你没有注意听。"

"确实没有注意，但我只要愿意就一定能听到，而且事后一定能回忆起来。"

"也可能是凯莱进来之后就随手关上了门。"

"等等！"

他把双手支在眼眶四周，冥思苦想。是声音，而是当时他看见了什么！他竭力想回忆着当时的所见所闻——他看见凯莱站起来，打开办公室的门，门开着，他走进过道，转向右侧的门，打开门，走进去，然后——在那之后他究竟看到了什么？如果看到了，一定能记起来！

突然之间安东尼跳了起来，按捺不住脸上的惊喜。"比尔，我想起来了！"他叫喊道。

"想起什么来了？"

"墙上的阴影！我当时看到了墙上的影子！哦，我真是笨蛋，十足的大笨蛋！"

比尔一脸茫然地看着他；安东尼伸出手臂，指着过道的墙壁。

"看到上面的阳光了吗？"他说道，"因为你没关隔壁房间的门。阳光透过窗户就能直射在过道的墙上。现在，我去关上门。你在这看着！看见影子是怎么过来的了吗？这就是说，他进屋时关上了门，所以我才能看见影子在晃动。比尔，快去，到隔壁房间去，然后关上门。自然一点。快！"

比尔再次走出办公室，安东尼跪在地上，心急如焚地看着。

"我就知道！"他叫起来，"我知道不会是那样！"

"发生什么事了？"比尔走回来，问道。

"正是这样！阳光射进来，一关门墙上就会出现影子。"

"那么昨天究竟发生什么了？"

"阳光一直停留在那儿，然后影子移动的速度非常缓慢，门合上时一点声音也没有。"

比尔震惊地看着安东尼。

"老天呐！你的意思是，凯莱是进屋后才想起该关门，而且关得很慢，所以你没听见？"

安东尼点点头。

"没错。这就能解释为什么后来我进入隔壁房间，发现背后的门开着，会感到惊讶。你知道那种弹簧门是怎么关的吗？"

"就是那种老绅士常用的，把吵闹的女儿们隔在门外的那种门？"

"没错。这种门一开始要用很大力气才推得动，然后门会慢慢地合拢，最后关上。昨天门影就是这么动的，所以我下意识里一定认为那是一扇弹簧门。我的上帝！"他站起来，拍拍膝盖上的灰尘，"现在，比尔，为了确认一下，你到隔壁去，慢慢把门关上。要做得像事后想起来一样，而且要轻，别让我听见任何声响。"

比尔按他说的做了，然后伸出头来，聚精会神地听着声音。

"错不了，"安东尼绝对肯定地说，"跟我昨天看到的一模一样。"他走出办公室，来到隔壁的房间，与比尔会合。

"现在，"他说，"让我们研究一下，凯莱先生究竟在这儿做了什么，为什么他要那么谨慎，不想让他的朋友——吉林汉姆先生听到。"

第十三章　打开的窗子

　　安东尼最初的想法是，凯莱应该是在极力隐藏着什么东西，一些在尸体旁边发现的东西；不过现在又觉得这想法有些荒谬。在当时的情境下，就算真的要藏也不会藏在抽屉里：这样一来安东尼随时都有可能发现，还不如藏在口袋里来得稳妥。就算他当时真的藏了什么，现在肯定也已经转移到了更隐秘的地方。而且，为什么在当时那样紧急的状况下，凯莱还要念念不忘地关上门呢？

　　比尔拉开一个抽屉，向里面张望。

　　"这样的检查有用吗？"他问道。

　　安东尼越过肩膀看着他。

　　"为什么马克要在这里放这么多衣服？"他问道，"他经常在这里换装吗？"

　　"我亲爱的安东尼，这世界上再也没有人比他拥有更多的衣服了。我猜他把衣服放在这里，是为了应对不时之需。如果咱俩从伦敦到乡下旅行可能会随身携带需要的便装，但马克不会。红宅里面的所有衣物，他都会再买上一份，存放在伦敦的宅邸中。

囤积衣服就像是他的习惯。如果他有六栋别墅，也会用正装和休闲装塞得满满的。"

"我明白了。"

"当然，在这里存放衣服也可能会有用，比如说他正在隔壁房间处理什么紧急事宜，没时间上楼更衣，就会来这边换条手帕，或者拿件舒适的衣服之类的。"

"原来如此，我明白了。"安东尼边回答着，边在房间里来回转悠。他拎起洗衣盆旁边的亚麻筐，往里面扫了几眼："他好像最近来这里拿了一个假领子。"

比尔也瞅了瞅，篮子底部确实躺着一个假领子。

"嗯，看来是的，"他赞同道，"要是他发现领子戴着不舒服或者被弄脏了，就会过来换。他是个非常挑剔的人。"

安东尼斜下身，拿出了假领子。

"看来这次的原因是戴着不舒服。"他反复端详着手上的假领子，然后说道，"最起码这个还很干净。"他将假领子丢回筐内。

"也就是说，他会时不时地来这间屋子里看看？"

"嗯，对，没错。"

"好的，那凯莱为什么要偷偷摸摸地来这里呢？"

"他为什么要关上门呢？"比尔问道，"我就这点想不通。反正你在办公室又看不见他。"

"确实看不见；但是有可能听得见。他之所以蹑手蹑脚，就是不想让我发现。"

"我的天，原来是这样！"比尔再次恢复了热切的语气。

"对,但是为什么呢?"

比尔满怀希望地拧紧了眉头,想了一下,一无所获。

"那,我们来透透气吧。"尝试无果,最后他无奈地说道,走向窗边,推开了窗户,向外张望。突然之间,他灵光一现,转向安东尼,说道:"要不我去池塘那边,看看探员他们是不是还在?因为——"他看到了安东尼脸上的表情,突然闭上了嘴。

"哦,白痴!白痴!"安东尼懊悔道,"哦,你真是个称职的华生!哦,你太棒了!太棒了!哦,吉林汉姆,你这个十足的白痴!"

"你到底发什么疯——"

"窗户!窗户!"安东尼继续叫嚷着,用手点着窗户。

比尔转过身,看着窗户,期待着安东尼的下文。不料对方却熄了火。他转过身,继续望着安东尼。

"他当时推开了窗户!"安东尼喊道。

"谁?"

"当然是凯莱!"他凝重而缓慢地解释道,"他来这个房间是为了把窗户打开。他关上了门是为了不让我听见开窗的声音。他打开了窗户!我进来的时候发现窗户是敞开的,就说:'啊,窗户是开着的,我无与伦比的分析能力告诉我,犯人肯定从这儿跑了。'凯莱扬起眉毛,说道:'对,我猜你说的没错。'然后我就自豪地说道:'当然没错,因为窗户是开着的。'哦,天呐,我真是个无可救药的白痴!"

他想明白了。这解释了很多一直困扰着他的问题。

他曾经设身处地地站在凯莱的角度——凯莱,当安东尼第一次发现他的时候,那家伙正在摇着门大声呼喊着"让我进去"!

办公室里究竟发生了什么,谁杀了罗伯特,凯莱一清二楚。他知道马克并不在办公室里,也知道没有人跳窗逃跑。但是,把现场伪装成马克逃跑了,对于凯莱的计划(或者也可能是他和马克的共同计划)至关重要。就在那时,当他撞着那扇上锁的门时(其实钥匙就在他兜里),他忽然想到一件可怕的事!——他犯了个错误,居然忘了把窗打开!

起初这很可能只是一个盘旋在心中的可怕疑问。办公室的窗户打开没有?当然是开着的!到底开着,还是没开?——他真的有时间开门,溜进去,打开法式窗,然后再从容地溜出去?不,他没有时间。而且用人们随时可能过来,这太冒险了。如果他被人发现,事态就严重了!虽然用人们都蠢蠢笨笨的,当他们惊慌失措地围着尸体的时候,他可以安全地打开窗。他们不会注意的。反正现在不能进去。

然后安东尼就突然出现了!这是最大的变数!安东尼还建议他们破窗而入!为什么?凯莱最想尽力回避的就是窗户。看来他一开始的神情恍惚并不完全是装的。

啊,这也解释了凯莱为什么选择了绕最远的路,但还是坚持跑着去。这是凯莱最后的机会,只要比安东尼跑得快,他可以先到窗边,在安东尼赶到前打开窗。即使来不及开窗,他也得先到,确认窗户是否真的开着。很有可能窗户就是开着的,反正他得甩掉安东尼，自己先看一眼。如果窗户不幸关着，也好留给自己几秒钟时间另想办法，挽大厦于将倾。

所以，他必须得跑着去。不过安东尼还是赶上了他。他们一起撞开窗户，跳进办公室。但凯莱的任务还没有完成。更衣室的窗户还是关着的！不过这事要悄悄地、悄悄地做，不能让安东尼听见。

安东尼确实什么都没听见。事实上，他还成了凯莱最好的配角。他不仅注意到了开着的窗户，还耐心地解释给凯莱听，为什么马克没有从办公室的窗户直接逃走，而要到隔壁来跳窗。凯莱还点头同意。那时他心里不知道都笑成什么样啦！可他还是有点担心，担心安东尼检查灌木丛。为什么？很明显，当时灌木丛里根本不存在有人突然闯入的痕迹。毫无疑问，后来凯莱又在灌木丛里施了些小诡计，并且协助探员发现了它们。没准儿他甚至用了马克的鞋子印了几个脚印？不过地面土质很硬，脚印可能没啥必要。一想到五大三粗的凯莱努力地把脚挤进五短身材的马克的鞋子里去，安东尼吃吃地笑了。脚印是不必要的，凯莱意识到这一点时，一定很欣慰。

不用再伪装什么了，大敞的窗子足以说明所有问题。窗户开着，外面的灌木丛内还有一两束折断的枝条。不过，一定要悄悄地、悄悄地做。不能让安东尼有所察觉；成功了，安东尼确实没有察觉——但他看到了墙上移动的影子！

比尔和安东尼又来到了屋外的草坪上。比尔瞠目结舌地听着老友关于昨天疑案的新解释。这套说辞确实说得通，但前方依旧看不到出路。现在他们又有了新问题急需解答。

"什么问题?"安东尼问道。

"马克。马克究竟在哪儿?如果他压根就没进过办公室,那么他现在究竟在哪儿?"

"我可没说过他没进办公室。实际上,他进去过,因为艾尔熙听到了,"他停下,缓缓地重复道,"至少她认为自己听到了。如果当时说话的真是他,那他就是从门里出来的。"

"好吧,那这又能说明什么?"

"能说明马克此时的藏身处。就在密道里。"

"你是说他一直藏在密道里吗?"安东尼一直没搭腔,直到比尔又重复了一遍问题。过了好一会儿,他总算从思绪中挣脱出来,回答道:

"我不知道,但我们可以去看看。这只是其中的一种可能,但究竟是不是真相,我也不清楚。比尔,我很害怕,害怕那些可能发生的事真的发生了,更害怕可能会发生的事。然而,有一种解释。你听听看,找找它有没有漏洞。"

他把双手插到口袋中,伸直了两腿,依靠在花园的长椅上,抬头看着一望无际的夏季天空,仿佛昨天的案件正在那里重演一般。他慢吞吞地向比尔描述事件的始末。

"那么,我们就从马克射杀了罗伯特之后说起。假设命案确实是一场意外;很有可能就是意外。反正马克会觉得是意外。他当时非常恐慌,这也很正常。但他并没有锁上门逃跑。一来,钥匙插在门外;二来,他也没有那么蠢。不过情形对他非常不利。

谁都知道他和哥哥关系不好,更何况他刚刚还向哥哥撂了几句狠话,没准儿还被别人听到了。他该怎么办?出于本能,他做了一件平时经常会做的事情,就是问了凯莱的意见。因为凯莱无所不能,所以别无他选。

"当时凯莱就在门外,凯莱肯定听到了枪声,凯莱会告诉他下一步怎么做。马克打开房门,正巧凯莱走了进来,看到了案发现场。他用最简明扼要的语言解释了一番:'我该怎么做,凯莱,我到底该怎么做!这是个意外!我发誓这真的是意外!他威胁我,要是我不开枪,死的就会是我!想想办法啊!快!'

"于是凯莱开始想办法,'把这儿交给我办吧,'他说道,'你离开这儿,要是你愿意的话,说我杀了他都行。这一切我来解释。赶快走!躲起来。没人发现你进来过。躲到密道里去,快去!我只要一得空就去看你。'

"善良的凯莱,忠诚的凯莱!马克又恢复了信心。凯莱去解释,太好了。凯莱会告诉用人们,这其实是一场意外。他来和警察周旋。没人会怀疑凯莱——毕竟他和罗伯特无冤无仇。凯莱会钻进密道,告诉他一切都会过去的。然后马克就能从密道的另一端钻出来,大摇大摆地返回红宅。用人们就会告诉他新发生的惨案。罗伯特被枪杀了?我的天哪!

"于是,放宽了心的马克躲进书房,凯莱则走向了办公室的门口——将门上了锁。然后他开始拍打房门,大叫道:'让我进去!'"

说完，安东尼不再继续。比尔看着他，摇了摇头。

"好吧，安东尼。听起来还有些道理，不过后边有些说不通啊。凯莱为什么要这样做呢？"

安东尼耸耸肩，没有回答比尔的问题。

"那后来马克怎么样了？"

安东尼又耸耸肩。

"好吧，那我们现在就去探探密道吧，越快越好。"比尔说道。

"你已经准备好了吗？"

"早就到了。"比尔说着，语气有些讶异。

"那么接下来将要发生的一切，你准备去面对了吗？"

"老伙计，神神秘秘的干什么？"

"老实说，我还真有点。"安东尼浅浅地笑了笑。继续说道："也许我是个傻瓜，满脑子混乱剧情的傻瓜。好吧，我希望我已经准备好了。"他低头看了看表，确认了时间。

"不会有什么危险吧？探员他们还在池塘那边呢。"

"我们最好确认一下。你能去探探路吗，比尔？就像那种肚子贴着地面，无声无息的猎犬一样。我的意思是，你能到池塘左边看看凯莱是不是仍在那边，但不要让他发现你。"

"没问题啊！"比尔跃跃欲试地站起身来，"你在这里等着。"

安东尼突然明白了什么似的，叫道："为什么？为什么马克会这么说？"

"马克？"

"对,就像艾尔熙提供的证词那样。"

"哦,你说那句话。"

"对,我觉得艾尔熙不会听错,对不对,比尔?她真的听到他说话了?"

"哦?"

"马克的声调可与众不同。"

"哦!"

"我是说马克的声音,她应该不会认错的。"

"你知道,他的声音很尖,你知道,那种调门,我也描述不出来,但是——"

"怎么?"

"对,是有点像,可能还要再高些。"他不知道要怎么形容马克的声音,所以故意拔高了声调,笑了起来:"我得说,我学得还挺像。"

安东尼迅速地点了点头,"就像这样?"他问道。

"没错。"

"很好,"他站起身来,拉扯着比尔的手臂,"你先去看看凯莱的情况,然后我们就开始行动。我在书房等你。"

"没问题。"

比尔点点头,起身向池塘的方向摸去。这才是妙趣横生的生活。临时起意的计划最有魅力了。首先他要去跟踪凯莱。池塘边有一小块杂树林,离池水大约一百码远。借着树林的掩护,他可以从背后蹑手蹑脚地趋身向前,还要时刻警醒着,不弄断树枝，然后趴在地面，偷偷窥视着凯莱的一举一动。在侦探小说中，人们都是这样干的，他一向很嫉妒他们。现在，他自己居然也有机会一试身手了。别说，还真带劲！

然后，抽身而退的比尔再度折回红宅，向安东尼汇报现况。他们马上就要勇探密道了！比尔心中再次洋溢起"真带劲"般的温情暖意。虽然这密道中并没有深藏的财宝，但却可能埋藏着案件至关重要的线索。即便此行一无所获，但密道就是密道，里边什么都有可能发生。而激动人心的一天到这里还没结束。夜里，他们要到池塘边去守株待兔，看看凯莱在月光下究竟会把什么扔进那片安静的池塘。是什么？左轮手枪吗？反正这只兔子逃不出他俩的五指山。真带劲！

不过安东尼年龄更长，他知道这案件是趟浑水，而且还很深；"带劲"一说根本无从提起，但确实足够有趣。虽然他掌握了不少线索，但还不足以窥遍全豹。这感觉就像身处一片空白的混沌中，虽然自己正在努力地探寻着新鲜的颜色，但不断出现的新光亮只能把混沌点缀得更加光怪陆离。他可能距离真相只有一步之遥，但也可能是千里之外。他紧紧闭上双眼，想获得片刻的休憩，但他的大脑根本无法集中精神。

有几次，他几乎就触摸到真相了——可转瞬间又与之失之交臂。他的阅历比比尔丰富得多，但遭遇谋杀案还是头一回，至于这起谋杀，他决不相信是因为一时冲动失手杀人——就像任何男人在情绪失控时所做的那样。事件背后的真相恐怕要可怕得多，可怕得根本不像是事实。于是，他再次推演着案情，但精神依旧涣散，无法聚焦。

"不想了，"他大声说着，朝红宅走去，"不想了！"他会继续收集线索，竭力回忆。也许伴随着某条线索的出现，一切都会真相大白。

第十四章　贝弗利先生是个好演员

比尔气喘吁吁地跑回来，向安东尼述说所见所闻。目前凯莱还在池塘边，协助办案。

"不过我觉得他们应该不会有什么发现。我已经尽力往回赶了，时间应该很充裕。"

安东尼点点头。

"好，那咱们走吧，"他说道，"兵贵神速。"

他们站在码满了布道书的书架前。安东尼取下西奥多·厄舍尔神父的不朽名著，摸索着弹簧的位置。比尔帮忙向外拉。书架在他们面前慢慢绽放。

"我的天哪，"比尔感叹道，"这路还真窄。"

展现在他们面前的，是一个一码长短见方的入口，貌似砖砌的壁炉，离地面大约两英尺高。下方是空的，安东尼从口袋里掏出一个手电筒，朝下面黑洞洞的地方照了照。

"你看，"他对跃跃欲试的比尔私语道，"楼梯从这里开始，大概有六英尺深。"

他又用手电筒指了指上边。光亮扫过一丛铁质扶手，好似一根大铁钉，楔进前方的墙壁中。

"你先荡过去试试，"比尔说道，"我觉得你行。不过我很好奇，诺里斯小姐怎么能忍受这样的待遇。"

"我想肯定是得到了凯莱的帮助——真有趣。"

"要不我先来？"比尔迫不及待地想要打头阵。安东尼摇了摇头，微笑着。

"我觉得，比尔，要是你不介意的话，我先来。以防万一嘛。"

"以防什么万一？"

"就是以防万一。"

虽然满腹牢骚，但比尔此时已经无暇顾及安东尼话中的深意了。

"那好吧。我们走！"

"嗯，首先我们得确定一定能回得来。如果我们两个人被卡在下面，一辈子上不来，对探员先生来说未免太不公平了。为了找马克他已经尽力了，可别让他再来找我们——"

"我们可以从密道另一端爬出来。"

"嗯，这一点我们还不能确定。我想我们下去探过路之后，最好还是能原路返回。我答应你，探险的时候一定带着你。"

"那好吧。"

安东尼坐在砖块砌成的"壁炉"上，把腿甩了过去，坐了一会儿，晃了几下腿。他又将手电筒收回口袋，伸手抓住面前的铁扶手，探下身子；两脚踩实了之后，沿着台阶继续向前走。

"你还好吗？"比尔猴急地问。

"还好。我走到台阶尽头就会折回来,你在原地等着。"

安东尼拾阶向下,身影渐渐消失在黑暗中。过了一会儿,在洞口伸长脖子等候的比尔再次看到微弱的亮光,听见模模糊糊的脚步声。又过了一会儿好像既看不见,又听不见了——只剩他自己——

好吧,也不尽然。突然间一个声音在外面的门厅响起。

"我的妈呀!"比尔吓得猛一转身,"是凯莱!"

虽然他脑瓜不如安东尼灵活,但身手却是一等一地迅捷。现在脑瓜再灵活也没什么用。比尔将密道门悄无声息地推掩上,又将书本归集原位,然后跑到其他书架前,装作是在翻找《羽毛球》杂志或者《旅行指南》什么的。上帝大概真的帮了他一把,不过不是帮他作出决定,而是帮他在六秒钟,啊不对,在五秒钟内一气呵成地完成所有动作。

"啊,原来你在这。"凯莱已经来到了门口,说道。

"好啊!"比尔努力给出一副吃惊的样子——手里还捧着《萨缪尔·泰勒·柯尔雷基生平及作品》,"他们完事了?"

"什么完事了?"

"捞池塘啊,"比尔说着,心里却在琢磨,自己为何在一个晴朗的下午闷在书房看柯尔雷基的作品?他搜肠刮肚地甄选着借口——是为了确认一句名言的出处——因为和安东尼发生了争执——这由头貌似说得过去。不过是哪句名言呢?

"哦,不,他们还在继续。吉林汉姆先生呢?"

"《古代的水手》里有一句,"比尔琢磨着——水,水,到处都是水——还是别的什么来着？吉林汉姆到底去了哪里？水，水，到处都是水——

"你说安东尼？哦，谁知道他去哪里了。我们刚刚还去了村里。捞池塘还是一无所获吗？"

"没错，不过他们倒是干的挺起劲。干这活不用动脑子，又算是在应付公务，一举两得。"

正在埋头读书的比尔抬了抬头，好歹应付了个"对"，然后继续沉浸在书本中。渐入佳境。

"在读什么书？"凯莱问道，趋身上前。进来的时候他用眼角瞥了一眼装满布道书的书架。这一举动被比尔敏锐地捕捉到了，他继续琢磨。难道已经暴露了吗？

"我正在查一句名言，"比尔慢吞吞道，"我和安东尼打了个赌——那句话怎么说来着，水，水，到处都是水——但是一滴都不能喝？"（不过他自己也不知道，到底赌了些什么。）

"应该是'每滴都不能喝'。"

比尔一脸讶异地看着凯莱，然后慢慢绽出一个微笑。

"你确定吗？"他问道。

"当然。"

"那我可省了不少事儿。我们赌的就是这句。"他"啪"的一声合上书，顺手把书塞回书架，在身上摸索着烟斗和烟丝，"跟安东尼打赌纯属找不痛快。"他加上一句，"读书这方面他是行家。"

到目前为止还没有露馅。凯莱还是赖在书房不走，但安东尼还不知死活地待在密道里。安东尼回来的时候,他不会因为门关上了而惊讶,因为他先下去的目的就是为了验证密道内侧是否能打开暗门。书架随时都可能打开,安东尼的脑袋从黑洞中探出来。这可够凯莱大吃一惊的了!

"要不你来陪陪我们?"比尔佯装随意地划着一根火柴。在等待凯莱回答的空隙中,他大口地抽着烟,想掩饰内心的紧张。要是凯莱点头同意的话,他就死定了。

"我得去一趟斯坦顿。"

比尔吐出一个大烟圈,借机长舒一口气。

"是吗?那可真遗憾。你开车去吗?"

"对,开车直达。不过我得先写封信。"他坐在书桌旁,抽出一张信纸。他就对着暗门,任何风吹草动都逃不过他的眼睛。而这暗门随时都有可能被打开。

比尔跌坐在椅中,冥思苦想。很显然,他应该给安东尼一个暗示。但究竟该怎么做?怎么发信号?用密码,用摩斯密码是个办法,不过安东尼懂吗?比尔自己懂吗?在军队他学过一点,当然距离发信号还差得远。总之,发信号是不可能的,凯莱又不聋。最多只能发送一个字母——什么字母能管用?哪个字母能把一切告诉安东尼?——他拔出烟斗,视线从写字桌边的凯莱扫到西奥多·厄舍尔的著作。用哪个字母呢?

C可以代表凯莱,但安东尼能听懂吗?很有可能听不懂,但值得一试。C该怎么敲来着,一长一短一长一短,对吗?对,就是C。比尔很确定。

C，长，短，长，短。

比尔把手插在口袋里，站起身来，在房间里边来回晃悠，边喃喃自语，一副等人心焦的样子——等他的老友吉林汉姆进屋带着他去散散步。他闲逛般地走过凯莱背后的书架，开始在书架上发信号，眼睛却漫不经心地看着书脊上的标题。长，短，长，短，起初不大像，掌握不好节奏——长，短，长，短。现在好些了。他又走到萨缪尔·泰勒·柯尔雷基的著作的旁边。他继续演着戏，长，短，长，短，就好像一个人想找一本书到草坪上去读，却迟迟下不定决心般无意识地敲打着书架。安东尼能听见吗？其实这和隔壁邻居敲打烟斗的声音并无二致。那么安东尼能理解吗？长，短，长，短，C，指的就是凯莱。安东尼，凯莱在这儿，看在上帝的份上，你可千万别冒冒失失地闯出来！

"哦，天哪，是传道书！"比尔夸张地笑着说（长，短，长，短）。"凯莱，你读过吗？"

"什么？"突然间凯莱抬起头来。比尔沿着书架慢慢走着，手指在架子的花纹上敲敲打打。

"呃，没读过。"凯莱笑着答道。不过就比尔看来，这笑容显得尴尬且不自然。

"我也没怎么读过。"比尔离开了布道书架，现在正好在暗门前，手指仍旧假装无意识地打着节拍。

"哦，看在上帝的份上，你还是坐下吧，"凯莱突然叫嚷起来，"要是你真想四处走走，就出去走。"

比尔一脸疑惑地转过身来。

"哈，怎么了？"

凯莱因为刚才的失态微微红了脸。

"非常抱歉，比尔，"他道歉道，"我有点神经过敏，你在我眼前晃来晃去，还不停地敲敲打打——"

"敲打？"比尔一脸的莫名其妙。

"敲书架，嘴里还念念有词的。非常抱歉，我有些受不了。"

"哦，我的老朋友，真的很抱歉。我这就去门厅。"

"没关系。"凯莱答道，低下头继续写信。比尔再次跌坐在椅中。安东尼明白他的意思了吗？不过，现在倒是无事可做，不如就在这等待凯莱离开。"如果你问我，"比尔沾沾自喜地想，"我应该当演员。对啊，我是个完美的演员。"

一分钟，两分钟，三分钟——五分钟。看来现在安全了。安东尼明白他的意思了。

"汽车在外面吗？"凯莱把信封封了口，问道。

比尔漫步走进门厅，喊了一声"在"，然后出门和司机攀谈着。凯莱也加入了谈话，三个人站在门口聊了一会天。

"你们好。"一个愉悦的声音从他们身后响起。他们转过身，看到款款走来的安东尼。

"不好意思让你等了这么久，比尔。"

比尔费了九牛二虎之力才让自己保持镇定，还要佯装随意地表示自己并不介意。

"嗯，我得走了，"凯莱说道，"你们现在要去村子里走走吗？"

"有这个想法。"

"那能麻烦你们把这封信带到加兰德吗?"

"乐意效劳。"

凯莱点点头,钻入汽车。

凯莱刚离开,比尔就满怀希望地转向安东尼。

"怎么样?"他兴高采烈地问道。

"回书房再说。"

他们走进书房,安东尼坐下,深深陷在椅中。

"先让我歇会儿,"他喘着粗气说,"我跑着回来的。"

"跑着?"

"对,没错。不然你以为呢?"

"你不是从密道另一端出来的吧?"

安东尼点点头。

"我说,你听到我敲打的暗号了?"

"我听到了,千真万确,比尔,你真是天才!"

比尔羞红了脸。

"我就知道你能听懂,"他说道,"你猜到我指的是凯莱?"

"没错。既然华生这么聪明,福尔摩斯也不能示弱啊。当时应该挺刺激的吧。"

"刺激?我的天哪,那是相当刺激。"

"给我详细说说。"

贝弗利先生用尽量谦虚的语气,向安东尼解释了自己成为演员的巨大潜质。

"好小子,"安东尼听完后说道,"你真算得上是史上最完美的华生。比尔,我的朋友,"他用两只手紧紧握住比尔的一只手,现在他更像是个演员,"只要我们同心协力,就没有办不成的事!"

"你这傻瓜。"

"我每次认真起来你都要这么说。好吧,不管怎样,万分感谢。这次你真的救了我们俩。"

"当时在密道里,你是准备按照原路返回吗?"

"对,至少我想是的。正当我犹疑不决的时候听到了你的暗号。其实看到紧闭的暗门我还有点吃惊。当然啦,我先下去,就是为了看看从里面能不能方便地开门,但是我想你总该等看到我回来才关门吧。就在那时,我听到了暗号,那一定意味着什么,于是我坐下来,仔细听着。是C,我听出来了,是凯莱!老天,我够聪明的吧?于是我撒腿就跑,一直跑到密道的那头,钻出来,再跑回来。我想,恐怕凯莱会缠问我上哪儿去了,所以我得快点出现。然后,我就出现了。"

"你在密道里没看见马克,对吗?"

"没有,密道里空空如也。我既没有看到他——"

"除了他你还想看到什么?"

安东尼沉默了片刻。

"我什么都没看见,比尔,其实确切说来,我看到了一些东西。密道的墙上有一扇门,通往一个旧碗橱,还上了锁。我想我们想找的东西铁定放在里面。"

"你觉得马克在里边?"

"我透过锁眼问过'马克你在里面吗?'如果他在应该会把我当作凯莱。但是没人应答我。"

"唔,那我们再去一趟试试。我们俩应该能想办法把门打开。"

安东尼摇摇头。

"那我到底还去不去?"比尔问道,声音失望至极。

不过当安东尼开口的时候,他问了另一个问题。

"凯莱会开车吗?"

"当然会,怎么了?"

"那他应该可以留下司机,自己开车到斯坦顿,或者其他什么地方。"

"我猜他要是想的话肯定可以做到。"

"没错,"安东尼起身,"你看,我们说过要到村子里去,还承诺过帮凯莱送信,那我们最好还是老老实实地走一趟。"

"哦!——哦,那好吧。"

"加兰德,这地方之前你好像向我提过?哦,对了,那里有个叫诺伯莉的寡妇。"

"没错。之前凯莱好像还对她女儿有点意思。看来这信就是给她的。"

"好,那以防万一,我们还是把信带上。"

"那我们就和这密道说永别了?"比尔气恼地问道。

"里边真的什么都没有,我保证。"

"你又开始神神鬼鬼的了。你到底怎么了？你肯定在下面发现了什么，我能看出来。"

"我确实看到了些东西，但我已经向你坦白了。"

"不，你才没有。你只是告诉我墙上有道门。"

"真的只有一道门，比尔，还是上着锁的。我害怕的是门后的东西。"

"不过，如果我们不去看看，就再也没有机会知道门后有什么了。"

"今晚就知道了，"安东尼拉住比尔的胳膊，领着他前往门厅，"因为我们的老朋友凯莱会在今晚把那东西抛到池塘里。"

第十五章　诺伯莉夫人向吉林汉姆先生倾诉衷肠

他们离开了大路，穿过田野，沿着平缓的下坡前往加兰德。安东尼一直闷头赶路，比尔却一直在喋喋不休，但苦于得不到对方的回应，索性也闭上了嘴。或者确切地说，他开始自言自语，挥舞手杖抽打着路边的蓟草丛，用烟斗发出各种各样的怪声。但他注意到，安东尼时不时地回头张望，好像要记住他们走过的路，以便以后辨认。这其实一点也不难，因为大路始终没离开过他们的视野，种在长长的绿地围墙外的绿树带守卫着远端，桀骜不驯地指着地平线。

安东尼又回头看了看，转过身，露出一个不足为外人道的微笑。

"什么事情这么好笑？"比尔终于感受到了一丝利于交谈的氛围，兴致勃勃地问道。

"凯莱，你看到了吗？"

"看到什么？"

"正沿着公路走的那辆汽车。"

"你看见他的汽车了？老伙计，你眼神儿可真不错。这车你只见过两次，就能隔这么远认出它？"

"嗯，我的眼神儿确实不错。"

"我觉得他正准备开往斯坦顿吧。"

"你的想法很直接，这正中了他的下怀。"

"那他这是要去哪儿？"

"可能是去书房，会见我们的老朋友厄舍尔。因为他的朋友贝弗利和吉林汉姆没有撒谎，正在赶往加兰德。"

比尔突然在大路中间停下脚步。

"我说，你真是这么想的？"

安东尼耸耸肩。

"我倒是一点都不吃惊。我们俩一直在红宅晃荡，对他来说太碍眼了。因此只要他能确定我们身在他处，他的机会就来了。"

"什么机会？"

"嗯，就算无事可做，至少也是个放松警惕的机会。他知道自己已经脱不开身了，我们也知道他藏着自己的一两个小秘密。就算他没有怀疑我们发现了什么蛛丝马迹，至少也能断定我们可能不经意间撞到了什么。"

比尔咕哝了一声，表示赞同。两人又开始慢慢地前行。

"那么今晚呢？"他深深地吐了口烟，问道。

"尝尝这草茎吧。"安东尼说着，递给比尔一根草。比尔将草含入唇间，又抽了一口烟，说道："确实好多了。"然后将烟斗收入口袋中。

"那我们该怎样做才不会让凯莱发现？"

"唔，这事儿有点难，确实值得进一步研究。要是我们能在旅店过夜就好了——这是诺里斯小姐吗？"

比尔迅速抬起了头。此时他们已经非常接近加兰德了，这是一栋年深日久的乡间住宅，沉睡了数个世纪之后，在崭新的世界中苏醒，正舒展着羽翼。不过，经过精心修缮，主人并没有明显破坏她的外观，加兰德——哪怕多了一间浴室，她依旧是加兰德。无论是看屋里还是屋外，这里都是诺伯莉夫人的居所。

"是的，她名字叫安吉拉·诺伯莉，"比尔喃喃道，"长得还不错，是不是？"

倚立在加兰德白色小扉外的女孩岂止是"长得还不错"，不过比尔要将最华丽的溢美之词留给另一位小姐。在比尔的眼中，谁要敢拿她和最心爱的贝蒂·卡勒汀相提并论，他就跟谁急。不过就安东尼看来，就算比比也无妨。眼前的女孩，直接形容的话，就是"美极了"。

"凯莱让我们给你带封信，"在必要的握手寒暄之后，比尔说道，"来，给你。"

"请您帮我转告他好吗？我对于红宅发生的事非常难过。不过现在说什么都没用了，单是想想这件事都那么让人害怕。我们听到的传闻是真的吗？"

比尔把昨天的案件大致讲了一遍。

"噢……那阿博莱特先生至今还没找到？"她悲伤地摇着头，"我还是觉得，那是别人干的，我们根本不认识的人。"说着，她突然冲他们笑了笑——包括比尔和安东尼,"你们一定得进来喝杯茶。"

"你实在是太客气了,"比尔局促地说,"不过,我们——呃——"

"您会来的,对吗?"她又问安东尼。

"万分荣幸。"

诺伯莉小姐对两人的造访欣喜异常;她总是期待着一些能满足"必须标准"的男士到家中做客。当她毕生的"事业"圆满完成后,可能会用华美的词句做出如下总结:"一场激动人心的婚礼已安排停当,且立即举行。新娘是已故的约翰·诺伯莉之女安吉拉——"然后,她会心怀感激地致一篇悼词,安安稳稳地进入一个更美好的世界继续生活:只不过不是到天堂,而是新婚夫婿的豪宅中。很显然,她所设定的"必须标准"所指的可不仅仅是"成为夫婿的必须标准",还要有殷实的家底。

但是,今天来自红宅的客人得到热情欢迎,却不是因为他们"够得上标准"。就算她脸上浮出了对"可能的未来女婿"的笑意,那也多半是出于本能,决非理性。此时此刻,她最想要的只有消息——马克的消息。因为这两天她一直在梦想:有一份私人公告能够抢在《晨间邮报》的订婚专栏之前发布——就像它的讣告专栏一样,得意洋洋地对全世界,哪怕只是全世界的一小部分做出如此宣称:"今日,异常激动人心的婚礼已经安排停当,且准备立即举行(诺伯莉夫人亲手安排)。新娘是已故的约翰·诺伯莉之女安吉拉,新郎是红宅的家主马克·阿博莱特。"这样比尔在找到自己喜欢的体育版之前，若是瞥到了这个消息肯定会大吃一惊。在他看来，即便诺伯莉小姐要和红宅里的人喜结连理的话，男方也应该是凯莱。

不过诺伯莉小姐没准备嫁给任何人。母亲的决定常常让她感到荒谬，甚至羞愧，痛苦难当。马克·阿博莱特的事件让她感到悲哀；马克和母亲是一伙儿的，两人联合起来对付自己，其他的求婚者虽然能博得母亲的青睐，但在马克面前都不得不饮恨而归。马克似乎想凭借自己的魅力赢得姑娘的芳心，不过这只是他一厢情愿的想法罢了。如果两人被拉上擂台，诺伯莉小姐倒更倾向于选择凯莱——虽然他"不够标准"。

哎呀呀，不过，凯莱似乎误解了她的意思。她也确实没想到凯莱这样的人也会动真情，不过等她发觉，为时已晚。上次的会面大概是在四天前，自此之后，他就再没来过；不过却差人送来了这封信。她怕看这封信。当然，暂时有个很好的借口不看，因为有客人在。

诺伯莉夫人很快就发现安东尼可能是个更加和善的倾诉对象。大家饮罢了茶，老夫人就及时且高效地将比尔和安吉拉轰到花园里，将吉林汉姆先生拉到身边，在沙发上坐下，讲述着对方感兴趣的故事。

"太可怕了，真的太可怕了，"她说道，"只要想到亲爱的阿博莱特先生——"

安东尼适时地发出惋惜的声音。

"你可能见过阿博莱特先生。他可是个善良、热心肠的好人——"

安东尼忙解释道,自己从未和马克照过面。

"哦,那是当然。我差点都忘了。不过,您听我的,吉林汉姆先生。有些事情上,您还是得相信女人的直觉。"

安东尼慌忙说自己完全同意。

"想想我作为一名母亲的感受吧。"

不过此刻安东尼正琢磨着诺伯莉小姐作为女儿的感受:自己的母亲正在和一名陌生人谈论着自己的私事,不知道诺伯莉小姐会作何感想。可是,他又能怎么样呢?实际上,除了凝神聆听,设法刨出些线索外,他还能做什么?马克订婚了,或者正准备订婚!这与昨天的案件有关吗?假如诺伯莉夫人知道罗伯特的存在的话,马克会不会冒出"家丑不可外扬"的念头?这会不会是要除掉罗伯特的另一条理由?

"我从来都不喜欢他,从来都不!"

"从不喜欢谁?"安东尼迷惑地问道。

"就是马克的表弟,凯莱。"

"哦!"

"让我来问问你,吉林汉姆先生。我是那种会把自己宝贝女儿托付给一个枪杀自己唯一兄弟的人的母亲吗?"

"我相信您不是,诺伯莉夫人。"

"所以,如果有人被枪杀了,一定是别人干的。"

安东尼好奇地看着她。

"我从来都不喜欢他,"诺伯莉夫人严肃地说,"从不!"

不过，安东尼暗暗想道，这并不能成为指控凯莱为凶手的佐证。

"诺伯莉小姐和他合得来吗？"

"他们之间什么关系都没有，"诺伯莉小姐的母亲断然说道，"什么都没有。我对谁都这么说。"

"哦，非常抱歉，我的意思不是说——"

"没关系。我敢信心十足地替安吉拉这么说，如果他有了什么新举动——"她突然停下，耸了耸丰满的双肩。

安东尼焦急地等待着下文。

"他们见过面，不过这很正常。他可能是有点——我也不大清楚。但我身为人母的义务是明确的，吉林汉姆先生。"

吉林汉姆表示赞同。

"我之前明明白白地告诉他——我是怎么说的来着？——他这是骚扰！当然这不是原话，我说得很巧妙，但也很坦率！"

"您的意思是，"安东尼尽力保持着语气的平静，"您曾经对凯莱说，呃——阿博莱特先生和您的女儿——？"

诺伯莉夫人连续点着头。

"没错，吉林汉姆先生。这就是为人母的责任。"

"诺伯莉夫人，我敢肯定，没什么能阻止您履行母亲的职责。但您这么说，结果肯定是双方不欢而散吧。特别是，阿博莱特先生和贵千金的关系还不——"

"吉林汉姆先生，他已经完全被迷住了。这非常明显。"

"我都快被迷住了，"安东尼脸上闪着迷人的微笑，"那凯莱先生一定受了不小的打击——"

"打击，对，所以我很高兴自己把话说出口了。我马上发现，我说这话正合时宜！"

"那以后再见面的时候一定会很尴尬。"安东尼提醒道。

"那是自然，从那之后他就再也没来过。不过或早或晚他们总会在红宅相见的。"

"哦，这事儿是什么时候发生的？"

"就在上周，吉林汉姆先生。现在讲给您听刚刚好。"

"啊！"安东尼暗暗惊呼道。他要等的就是诺伯莉夫人的这番话。

他现在很想抽身离去，好好分析一下新线索；或者更适宜的做法是，和比尔换一下角色。诺伯莉小姐恐怕不会和她母亲一样，对陌生人把什么都和盘托出，不过也许听听她的说辞也能搜集到一些线索。比如，她究竟更钟情于凯莱还是马克？她做好嫁给马克的准备了吗？她是爱他，还是爱凯莱，或者干脆一个都不爱？诺伯莉夫人的一面之词完全是出于自己的行动和想法；这边已经没有什么值得挖掘的信息了，但诺伯莉小姐那边应该还"有利可图"。不过诺伯莉夫人此时还是在兀自喋喋不休。

"女孩都是很蠢的，吉林汉姆先生，"她自顾自说道，"不过幸运的是，有母亲的指引倒也不至于走了弯路。从一开始我就觉得阿博莱特实在是乘龙快婿的不二人选。你不认识他吗？"

安东尼重申自己从未见过阿博莱特先生。

"他可真是位绅士啊。长得不错，谈吐风雅，简直就是从梵·戴克笔下的画中走出来的人物一般。安吉拉曾经说过，她不想嫁给留胡子的男人。不过这并不重要，毕竟——"她忽然住了嘴，安东尼替她把话说完，"毕竟红宅是栋体面的大宅子嘛。"

"体面，那是相当体面。单看外表，阿博莱特先生也不是泛泛之辈。你同意我的看法吧？"

安东尼再次解释道，自己还无缘结识阿博莱特先生。

"对。不过他就是整个文学界和艺术界的核心人物呐。从哪个角度看都挑不出毛病来。"

她深深地叹了口气，自顾自地感伤了一会。安东尼本想抓住这个机会一走了之，但不幸的是，诺伯莉夫人又开了腔。

"不过，不幸的是他还有个挥金如土的哥哥。阿博莱特先生对我坦承了一切，吉林汉姆先生。不过这也是情理之中。他向我提到了他的哥哥，不过我也向他解释了，这丝毫不会影响我女儿对他的热情——毕竟，他哥哥远在澳大利亚啊。"

"他什么时候和您说的？昨天吗？"安东尼意识到，如果马克是在他哥哥宣称要造访红宅之后才提起的，那在这坦率的背后，还真藏着一种不可言说的智慧。

"不是在昨天，吉林汉姆先生，昨天的话——"她微微打着颤，摇了摇头。

"我还以为他昨天早上过来了。"

"哦，不！是这样的，吉林汉姆先生，就算是恋人交往也不会这么如胶似漆的。不是在早上，不是。对于安吉拉，我们有个共识——哦，不对，应该是前天，大概是在下午茶的时间——"

诺伯莉夫人刚刚还就女儿和马克订婚的事实大谈特谈，不过安东尼发现，现在她倒是用词保守了一些。她在极力表示亲爱的安吉尔并不着急，她对这场婚姻实际毫无兴趣。

"是在前天。他过来的时候，亲爱的安吉拉并不在家；不过这并不重要。他当时正准备开车前往米德尔斯顿，没喝几口茶就走了，就算安吉拉在，两人也不会——"

安东尼突然点了点头。终于有点新线索了。马克为什么要在前天突然造访米德尔斯顿？到底为什么去？这和罗伯特的来访有什么关系？

他站起身来，准备离开。他需要一个人静一下——至少和比尔独处一会。诺伯莉夫人给了他很多需要审慎思考的信息，但是最惊人的事实是：凯莱确实完全有理由憎恨马克——这个理由，是诺伯莉夫人亲口告诉他的。那是憎恨吗？还是嫉妒比较贴切。不过，单是嫉妒的话也足够了。

"你看，"两个人回去的时候，他对比尔说道，"我们已经知道，在这件事上，凯莱不仅仅作了伪证，还冒了很大的风险，肯定有原因。可能是为了救马克，也可能是为了害他。换句话说，凯莱要么全心全意为马克好，要么全心全意要置他于死地。唔，现在我们又知道，凯莱是想害他，绝对是要害他。"

"不过我说，你也知道，"比尔抗议道，"就算是情敌，也不能置对方于死地啊！"

"真的吗？"安东尼反问道，转过身，递给对方一个微笑。

"好吧，谁知道呢？不过我的意思是——"

"比尔，你可能不会置对方于死地，但这不是你帮他脱罪的理由。"

"上帝啊，我没有。"

"所以在我说的两个猜想中，害人的可能性要更高些。"

他们来到了把最后一片绿地与公路分隔开的大门口。两人一起走了进去，靠在门上休息，回头欣赏着刚刚离开的那幢小屋。

"那地方挺不错的，不是吗？"比尔问道。

"很不错，不过有些神秘。"

"哪里神秘了？"

"唔，比如说，前门在哪里？"

"前门？我们刚才就是从前门出来的。"

"不过，为什么门前没有车道？连条公路都没有？"

比尔大笑起来。

"是没有，不过对有些人来说，这才是这栋房子的可爱之处。正因如此，这房子才这么便宜，诺伯莉一家才有钱置办这处居所。他们没什么钱。"

"那有行李怎么办？"

"有一条手推车专用的小道，但是机动车就开不进去了，"他转过身来，指了指一个方向，"只能停在那上面。所以，那些周末到乡村度假的烧钱的主儿不会买它。除非他们在边上造条汽车道，还要修个车库，这可太麻烦了！"

"我懂了。"安东尼大大咧咧地答道，随即转身继续向前走。

不过，后来当他回忆起这段关于"前门"的对话，才意识到这是多么重要。

第十六章　为晚上的行动做好准备

那么今晚凯莱准备把什么抛到池塘里呢？安东尼觉得自己知道答案了。就是马克的尸体。

自打这个答案出现在安东尼的脑海里，他就有些抵触。如果真的是凯莱杀了马克，这未免太残忍了。凯莱真的能做出这种事儿吗？要是比尔的话，肯定会摇头说"不"，因为他和凯莱一起享用一日三餐，一起谈笑，一起打球；还因为，这么冷血的事儿比尔根本就做不出来，然后推己及人，以为世界上的人都像他这般善良。但安东尼不会有这样的错觉。命案已经发生了，罗伯特的尸体就躺在眼皮子底下。为什么不可能发生第二起谋杀呢？

那天下午马克真的在办公室里吗？证言唯一的来源是艾尔熙（虽然凯莱也提供了证言，不过现在看来根本算不得数）。艾尔熙笃信自己听到了马克的声音。不过随即比尔又承认马克的声音非常有特点——应该容易模仿。既然比尔能学得惟妙惟肖，难道凯莱不能吗？

不过，杀人的过程可能也不像安东尼想象的那么残忍。假设那天下午凯莱和表哥为了同一个女孩争风吃醋而争吵，假设凯莱只是想制服表哥，却一时冲动意外地或者有目的地杀了马克。假设这一切都发生在密道里，大概是在下午两点钟左右，可能是凯莱故意把马克引到那里去的，也可能是马克自己提议到那里去看看（可以想象，马克对那条密道多么引以为意）。又假设凯莱呆呆地看着马克的尸体匍匐在自己的脚下，并隐隐感觉绞索已经套在了自己的脖子上；他的脑海中思绪沸腾，拼命地想为自己找一条活路。再假设他突然间毫无来由地想到了罗伯特下午三点的造访——可能还下意识地看了看表——而且对方会在半小时内赶到——只有半小时了！他必须赶紧想个办法。可不可以先将尸体埋在密道里，做出一副马克因为害怕兄弟来访，惶然出逃的样子？不过早餐桌上发生的一切都会露馅。马克虽然对这败家子儿深恶痛绝，但并不害怕他。不行，这个故事编造得太勉强了。那么要是马克见了哥哥之后发生了口角，自己是不是能假扮成罗伯特杀了马克呢——安东尼的脑海中出现了马克孤零零站在密道中的尸体旁，冥思苦想妙计脱身的情景。要是罗伯特还能活蹦乱跳地站在众人面前揭穿自己的阴谋，那么栽赃陷害的戏码不就演不成了？那么反过来想，要是罗伯特死掉了呢？

凯莱又低头看了看表（只剩二十五分钟了）。

假设罗伯特死了又会怎么样？罗伯特死在了办公室，马克死在了密道里。这怎么联系得起来？真是个蠢主意！不过，如果把两具尸体摆在一起，伪装出罗伯特畏罪自杀的场景呢？——

这怎么可能！

自己又开始犯傻了。这实在太难了。（而且只剩下二十分钟了。）二十分钟内做好万全的准备实在是太难了。不能伪装成自杀。太难了——还剩十九分钟！

电光火石间，安东尼的脑海中灵光一现！假设在办公室杀了罗伯特，将马克藏在密道里呢？——虽然把罗伯特伪装成凶手不大容易，但栽赃给马克就简单多了！罗伯特死了，马克无缘无故失踪了，明眼人一眼就能看出其中的猫腻。显然是马克杀了罗伯特——不过要伪装成误杀，这样更像些——然后畏罪潜逃。人在面对突如其来的恐慌的时候，不免会做些傻事（他又看了看表，还剩十五分钟，不过时间很充裕了，一切都安排好了）——

这会是案件的真相吗？安东尼兀自思忖着。虽然这个结果和目前的证据都对得上号，但是应该还有一种理论也能说得通——上午的时候他已经对比尔讲过了。

"什么理论？"比尔问道。

现在，他们刚从加兰德回来，穿过绿地，坐在池塘边的灌木丛中。探员和他手下的"渔夫"们已经撤走了。比尔瞠目结舌，听着安东尼陈述自己的假设，除了时不时地惊呼一声"天哪"之外，都在静静聆听着。"凯莱真是个聪明人！"这是他听完后所作的唯一评论。

"还有什么解释？"

"确实是马克失手杀了罗伯特，然后向凯莱求助。凯莱把他藏在密道里，从外面锁上办公室的门，装作进不去的样子，开始砸门。"

"好吧。不过你总是一副神神秘秘的德行。我问过你案件的核心点,但你总是一言不发。"比尔想了想,继续说道:"我猜你是认为凯莱故意背叛了马克,好栽赃于他?"

"我当时本想先提醒你一下,我们可能会在密道中找到马克,不管是死是活。"

"现在你觉得他不在密道里了?"

"现在我觉得我们可以在密道里找到马克的尸体。"

"你是说,凯莱在你和警察赶到之后再次摸进密道,杀了马克?"

"比尔,这就是我一直不敢想的结果。这太残忍了。虽然这些凯莱确实能轻易做到,但我就是不愿意往这个方向想。"

"先别说这个了,你的另一个想法也够残忍的。不过据你所说,凯莱竟然走进了办公室,故意射杀了一个十五年来从未见过面、无冤无仇的人?"

"没错,为了保住自己的命。算是有点区别吧。我的推论是,凯莱和马克为了那个女孩爆发了激烈的冲突,醋火冲昏了头,失手杀了对方。这也算是一种防卫行为;我能理解,但这并不意味着我认同这个借口。我猜马克的尸体从昨天下午两点半许就一直静静地躺在密道里。凯莱今晚会将尸体藏在池塘中。"

比尔扯下几把青苔,丢了两把在地上,然后缓缓说道:"可能你是对的,不过这也都是瞎猜,你知道。"

安东尼笑了。

"上帝呀，当然是瞎猜的，"他说道，"今天晚上我们就知道猜得到底对不对了。"

比尔突然打起了精神。

"今晚，"他说道，"我说，今晚肯定特别带劲儿。我们到底该怎么做？"

安东尼沉默了一会。

"当然啦，"他最终说道，"我们本该通知一下警方，让他们今晚守着池塘。"

"那当然。"比尔咧嘴笑道。

"不过，我又觉得现在通知他们似乎早了点儿。"

"可能是吧。"比尔严肃地说。

安东尼瞧了瞧他，笑了一声。

"比尔，你这老滑头。"

"行，不管啦，今夜终于轮到我们表现了。我实在不明白，为什么不找点乐子呢？"

"确实如此。好吧，那我们就自己行动，先不要通知警方了。"

"我会想念他们的，"比尔装模作样地说，"但现在的安排更好！"

不过摆在他们面前的有两个问题。首先，怎样才能在不被凯莱发现的情况下溜出红宅？其次，怎样才能把凯莱抛进池塘的东西捞上来？

"我们先试着从凯莱的角度想想，"安东尼说，"他可能不知道我们会跟踪他,但是他一定会怀疑我们。他现在怀疑红宅中的每个人,尤其是咱们俩,因为在他看来,我们比其他人更聪明。"

他停顿了一下,点燃了烟斗;比尔倒是在暗自庆幸自己比史蒂文斯夫人更聪明。

"现在,他打算乘着夜色往池塘里藏点东西,所以必须反复确认我们没在监视他。那么你猜他会怎么做?"

"先确认我们是否已经睡着了,然后再偷偷溜出去。"

"对,可能回来帮我们掖掖被角,看看我们睡得死不死。"

"嗯,这可真伤脑筋,"比尔说,"不过我们可以锁上房门,这样他就不知道我们是不是在房里。"

"你以前睡觉的时候锁过门吗?"

"没有。"

"既然没锁过,凯莱肯定会注意到。再说,要是他拼命敲门,里面却没回应,他会怎么想?"

比尔哑口无言。

"那我就没辙了,"他思考了片刻,说道,"他出去前一定会来看我们的动静,这样我们无论如何也不可能赶在他前面到达池塘边。"

"还是要换个角度思考一下,"安东尼缓缓地吮吸着烟斗,"他得从密道里搬出尸体——也可能是其他什么东西。恐怕他不会上楼来,难道他要背着尸体上楼,推开我们的房门来检查吗?所以,他必须先上楼观察我们的动静,然后再下楼去搬尸体。这样,我们就有了一点点时间。"

"……对,"比尔含含糊糊地答应道,"没准有机会,但时间还是很紧迫。"

"等等,他走进密道,搬出尸体,接下来应该做什么?"

"往外走啊。"比尔答道。

"肯定是要出来的,不过会从哪一头出来?"

比尔愣了。

"我的天,你是说,他会从保龄球场那边出来?"

"你不觉得吗?想象一下,夜半三更,手上还拖着一具尸体,难道凯莱还敢大摇大摆地在红宅众目睽睽之下走过草坪吗?那会是什么感觉?后脖颈子不会发凉吗?万一有人睡不着走到窗户旁边往夜色中看了一眼,自己被抓个正着怎么办?现在晚上有月光,还很亮啊,比尔。在这么多扇窗户的围观之下,你说他还敢拖着尸体逛花园吗?但是他完全可以从保龄球场出来,绕到池塘去,毕竟那条路离红宅很远。"

"说得没错。这样一来,我们就有时间了。这很好。那么接下来呢?"

"接下来就是要标注好他丢东西的地点。"

"这样一来,我们就能准确地找到位置,把东西捞上来了?"

"如果我们能看清这东西究竟是什么,就没有必要捞出来了,明天再把这种累活儿交给警察。不过如果我们不能从远距离搞清楚他丢弃的究竟是什么,我们就得尝试着把东西捞上来,然后再加以判断,看看是否有通知警方的必要。"

"没,没错,"比尔揉着前额,"水的坏处就是,这片和那片看起来都差不多,不知道你是不是也这么看。"

"没错,"安东尼笑道,"我们先过去看看。"

他们来到灌木丛旁,静静地躺下,看着眼前的池水。

"看见什么了吗?"安东尼问。

"什么?"

"对岸的栅栏。"

"栅栏又怎么了?"

"这玩意儿可是相当有用啊。"

"歇洛克·福尔摩斯故弄玄虚地说,"比尔补充道,"片刻之后,他的朋友华生把他踹进了池塘。"

安东尼笑了。

"我喜欢扮演福尔摩斯,"他说,"而且不带上你玩又太对不起你了。"

"那么栅栏到底有什么用呢,亲爱的福尔摩斯?"比尔低眉顺眼地问。

"你可以用它来确定位置。你看——"

"啊,行了,行了,不用再向我解释如何来定位。"

"我没打算解释。你躺在这儿,"他抬头指了指,"就躺在松树下面。凯莱坐着旧木船登场,把包裹扔进池塘。你从这儿想象一条直线木船,然后记住对岸的栅栏的位置。比方说,直线落在从左边第五根栅栏上。好了,现在我从自己身边的树引一条直线,结果落在第二十根栅栏上,比方说。两条直线的交点,就是可以我们做标记地方!解释完毕。对了,我差点忘了提,按图索骥捞东西的任务，就由身体健壮的贝弗利先生代劳了！"

比尔不安地看着他："我说，真得下水吗？你不知道，这水可脏了。"

"恐怕是的，比尔。以经《雅煞珥书》上也是这样写的。"

"我明白，当然，咱俩总得有个人跳下去，但是……我只希望今天夜里别太冷。"

"正好适合洗个澡的夜晚，"安东尼站起来，表示同意，"好吧，现在我们看一下树。"

他们沿着池边走，然后往回看。比尔的树高耸入云，在夜色中也不会搞错——它比周围的树离天堂近五十英尺。安东尼的树躲在灌木丛的另一头，虽然不高，但同样很显著。

"我就待在那儿，"安东尼指了指那棵树说，"现在，看在上帝的份上，好好记住你的位置。"

"谢谢啦，但是为我自己好，我也要精确地记下这个位置，"比尔颇有感触地说，"我可不想整夜都待在水里摸鱼。"

"在你和水之间画一条直线，固定位置，然后数到栅栏尽头。"

"明白，老朋友。让我自己干吧，我脑子还够用。"

"行了，这就是今夜任务的最后一步。"安东尼笑着说。

他看了看表，是吃晚饭的时候了。他们开始往回走。

"还有一件事令我忧虑，"安东尼说，"凯莱睡在哪儿？"

"在我隔壁。怎么了？"

"唔，当他从池塘回来后，有没有可能再到你房间看你一眼？也许他不会多此一举，但是万一他路过你的房门——我想他会顺便朝里张望的。"

"我没法比他快，我还在池塘捞泥呢！"

"唔……你看，你能不能在床上留下点东西，在黑暗中看上去跟你差不多的？一块垫子，外加一件睡衣，一只袖子伸在毯子外面，再用一双袜子装成脑袋。你懂我的意思。我想，这好叫他放心。"

比尔吃吃地笑了："我干这一套非常地在行。让我好好摆他一道。很好，那么你呢？"

"我的房间在另一头，我想他不会第二次再来打搅我。他第一次来过后，我应该很快睡着——好吧，我最好也做些伪装。"

他们回到红宅，凯莱正坐在门厅等他们。他点了点头，掏出怀表："吃饭了吗？"

"差不多吧。"比尔说。

"没忘了我的信吧？"

"没有。我们还在加兰德喝了杯茶呢。"

"啊！"凯莱仿佛心不在焉，说，"她们怎么样？"

"她们托我给你带口信，表示她们的同情，等等。"

"噢，是吗。"

比尔想等他再说点什么，可是对方没再说话。于是他转过身说："来吧，安东尼。"两人一起上了楼。

"把你想要的都拿上？"他在楼梯顶上问。

"我想是的。你下楼前来找我一下。"

"好咧!"

安东尼进屋,随手关上了卧室门,走向窗边。他推开一扇窗户,往外看去。他的卧室恰好处在红宅后门正上方。伸向屋后草坪的办公室侧墙就在他左手边。他可以跨出窗外,踩到后门框上,然后直接跳到地面。从原路返回有点困难,可是他手里有一支能帮上忙的水烟筒。

比尔推门进来的时候,他刚刚换好晚装。"有没有最后指示?"比尔坐在床边上问,"顺便说一句,我们晚饭后玩点什么?我的意思是吃过晚饭后到睡觉前。"

"打台球?"

"好啊,想干什么都行。"

"小声点,"安东尼压低了声音,"不管怎样我们是在门厅上方,而凯莱就在下面。"他带比尔到了窗边,说:"今晚我们从这儿下去,走楼梯太危险了。走这条路很容易,不过记得穿上网球鞋。"

"好。我说,万一我没机会跟你一块儿走,而凯莱又进来把我叫醒,我该怎么做?"

"这很难讲。尽量自然点吧。我是说,如果他轻轻敲门,把头伸进来张望,你只管睡觉。——不要装打呼噜装得过分。但是如果他弄出什么讨厌的噪声来,你必须坐起来,擦亮眼睛,时刻警惕他在你房里干什么,你明白的,就是指那类事。"

"行,至于床上的假人,我会一上楼就准备好,然后藏在床底下。"

"嗯……我想,我们最好穿着衣服上床。到时候没时间再穿衣服了,那样凯莱就能安全地进入密道,然后回到我的房间。"

"对……你准备好了吗?"

"是的。"

两人一起下了楼。

第十七章　贝弗利先生下水

当晚，凯莱似乎很高兴见到他们。晚餐结束后，他还建议大家一起出去散散心。他们走在红宅前粗粝的石砾路上，但彼此都不说话，直到比尔再也忍受不住沉默的熬煎为止。这条路来来回回走了二十趟，每次经过门口，比尔都会有意无意地慢下来；不过这暗示却像沉入了深水潭：其他两人似乎都没有停下来的意思。最终比尔忍不住说道：

"我说，咱们要不要去打一会台球？"他摇摆着身子，一步都不想走了。

"你也来打一局吗？"安东尼问凯莱。

"我看着你们打。"凯莱在一旁观战，看着两人打了两局。

他们一起来到门厅喝饮料。

"那好吧，我撑不住啦，先去睡了，"比尔放下杯子，"你要回去休息吗？"

"对。"安东尼说着，将剩下的饮料一饮而尽。他看向凯莱。

"我还有些小事儿需要处理，"凯莱说道，"不过很快也去睡了。"

"好，那就晚安啦。"

"晚安。"

"大家晚安。"比尔站在楼梯阶上，回头道："晚安啦，安东尼。"

"晚安。"

比尔盯着腕上的表。现在是十一点半。一个小时过去了，什么都没发生。他拉开抽屉，琢磨着夜探池塘的行头。深灰色法兰绒长裤，法兰绒衬衫，还有黑色外套；考虑到可能会在霜沉露重的池塘边趴上不短的时间，他寻思着是不是要套上件毛衣。带条毛巾也好，总归会用得上，现在还能用来束腰。

还有网球鞋———一切准备停当，就差把假人放在床上了。

上床前他又看了看表。十二点一刻。凯莱到底什么时候会来？他关上灯，穿着睡衣贴着门，等待着眼睛适应面前的黑暗——他只能朦朦胧胧地看到墙角的卧床。如果凯莱想在门口确认床上是否有人，还得稍微加点光线。他把窗帘稍稍拉开了些，差不多了。等把假人抱上床的时候，还有机会再检查一下。

凯莱到底再过多久才能来啊？他的目的倒不是确认他的朋友——贝弗利和吉林汉姆——在他去池塘忙私事的时候睡得香甜；而是确定整个过程中两人都要老老实实地待在房间里。凯莱肯定会做得悄无声息，神不知鬼不觉。哪怕是红宅中最警觉的人，只要待在自己的卧室里，都不会发现他的行踪。不过，如果他想再次确认一下客人们，他就得等他们酣然入梦了再去，不能让自己的开门声吵醒他们。所以，他得等，等他们睡熟了……睡熟一点……再熟一点……

比尔费了好大的劲,才让自己恍惚的大脑重新振作起来。睡着是万万不能的。要是睡着就前功尽弃了……不能睡着……睡着……忽然,他变得十分清醒。要是凯莱根本就不上来怎么办!!!

假设他们一上楼就熟睡了,凯莱对此压根就不设防,而是一头钻进密道中试试自己的计划怎么办?假如凯莱已经到了池塘边,把该处理掉的东西处理了又怎么办!我的天哪,那我们就只能傻眼了。安东尼怎么会冒这么大的风险呢?他曾经说,设身处地地站在凯莱的角度想,但这怎么可能?他们又不是凯莱。现在凯莱肯定已经在池塘边上了。他们永远也不会知道凯莱往水里抛了什么。

听!——有人就站在门外。比尔这个时候应该睡着了,而且睡得很自然,很平静才对。可能呼吸声要更粗重些。他已经睡着了——这时候,门开了。他能感觉到房门在背对着自己的方向缓缓打开——上帝啊,如果凯莱真是个杀人犯该怎么办!那他现在会不会——不,不,不能这么想。如果这么想,就一定得翻过身去。可是不能翻身,他应该睡着了,安详地睡了。可是,为什么门还不关上?凯莱现在到底在哪儿?在他身后吗?自己的命就攥在对方手里……不,不能这么想。他该睡着了。可是为什么门还不关上?

门关上了。比尔从床上发出一声叹息,不知不觉地长出了一口气。当然,对于熟睡着的人来说,这动静不算罕见。于是,他又加了一声，为了更显得自然些。门，终于完全合上了。

比尔慢慢地数到一百，起身下床。他在黑暗中尽可能悄无声息地用最快的速度换装完毕，将假人扶到床上，弄乱了衣服，伪装得恰到好处。他走到门边，回头朝床上看看。冷不丁地一看，房间的亮度也刚刚好。于是，他非常小心、非常小心地打开了房门。万籁俱寂。凯莱的房门后也没有透出丝毫的光亮。他蹑手蹑脚地走过通道，来到安东尼的卧室门口，推开门，溜了进去。

安东尼还躺在床上，比尔走到床边想叫醒他，突然之间全身僵硬，立住不动，心脏都快从嗓子眼儿蹦出来了。房间里还有其他人！

"好啦，比尔，"一个声音在耳边蜂鸣，安东尼从窗帘后面缓缓走出。

比尔没说话，恶狠狠地瞪着他。

"以假乱真了，是不是？"安东尼走过来，指了指床上的假人，说道，"来吧，我们越早出去越好。"

安东尼在前边引路，跳窗出去，比尔一言不发地跟在他身后。他们平稳着陆，悄无声息，迅速穿过草坪，翻过栅栏，进入绿地。直到红宅消失在视线中，比尔觉得安全了，才得以开口。

"我真的以为床上的就是你。"他说道。

"这正是我希望的。要是凯莱没有过来看看我都觉得遗憾。"

"他刚来过了？"

"嗯，来了。你那边情况如何？"

比尔绘声绘色地讲述了当时自己内心的感觉。

"他不会杀你,因为没有必要,"安东尼淡淡说道,"根本不值得他冒险。"

"哦!"比尔惊呼道,然后说,"我更希望是在关键时刻他对我的好感救了我一命。"

安东尼笑了。

"我真表怀疑——你刚才起床穿衣服的时候没开灯吧?"

"我的天哪,当然没有!你希望我开灯吗?"

安东尼又笑了。他抓住比尔的胳膊。

"你真是个机灵鬼,比尔,只要咱俩在一起,就战无不胜啦!"

池塘正在静静等待着他们,在月光下,愈显肃穆。在对岸的斜坡上,簇拥着一片树林,现在也显出神秘的寂静。全世界好像就只剩下他们两个。

安东尼无意识的压低了声音。

"你趴在这棵树后边,那棵树是我的。只要你保持不动,他就不会发现你。就算他走了,在我叫你之前,你都千万不能动。凯莱可能一时半会儿走不了,千万要沉住气。"

"好吧。"比尔细语道。

安东尼对比尔点点头,微微笑了笑。两人继续向目的地走去。

时间过得异常缓慢。安东尼趴在大树脚下的草堆里,忽然意识到一个新问题。如果凯莱今夜要来不止一次呢?没准儿会正好撞见他们在船上,确切地说,一个在船上,一个在水里。是不是该留在原地,以防凯莱折回,直到他们再三确认安全为止?还是在探索池塘之前，先尾随凯莱回到红宅，看着他进入房间，打开卧室的灯？但是，这样可能错过凯莱的二次拜访——如果他真的放心不下又返回池塘的话。真是个难题！

他盯着池塘边的小船，考虑着这些问题。忽然间，凯莱鬼魅一般地出现在小船旁边，手里拿着一个棕色的小袋子。

凯莱把袋子扔到船上，上了船，以桨代篙抵住岸边，缓缓向池塘深处划去。他划起桨来悄无声息，慢慢来到池塘中心。

他停下船，将船桨搁置在船舷边的水里，从双脚之间捡起袋子，凑到鼻子边上闻了闻，轻轻地把它放到水面，过了一会儿，他松开手，目送袋子慢慢地沉到水中。他等着，看着，也许很害怕，怕它又浮起来。这时安东尼已经开始数栅栏了……

现在，凯莱把船划回起始点系好，谨慎地四下张望，以确保没有留下什么蛛丝马迹，然后又转身看着水面。过了好久，对两位监视者而言，魁梧的凯莱呆站在月光下静默着。终于，他温和地叹了口气（安东尼不确定是否真的听见了），便静悄悄地沿着来路返回，直到消失在夜色中。

安东尼数了三分钟，才从树下走出来，等着比尔与他会合。

"六。"比尔轻轻地说。

安东尼点点头。

"我现在回红宅去看看。你先到埋伏地点看着，防止凯莱回来。你的卧室是左手第一间，凯莱的是第二间，对吧？"

比尔点点头。

"好，躲好了，千万别动，等我回来。我不知道要花多长时间，但你一定要沉住气。毕竟等人的时候时间都好像过得很慢。"他拍拍比尔的肩，笑了笑，转身离开了。

袋子里面又是什么？钥匙或者左轮手枪？钥匙和左轮枪不用放在袋子里就能沉进水里。那么袋子里装的究竟是什么呢？一定是本身不会下沉的东西，所以要和石块放在一起包起来，才会缓缓沉到湖底。

不管是什么，他们都会把它捞上来。现在暂时还不用多想。今夜，有一项棘手的任务等待着比尔去完成。可是，那具让安东尼牵肠挂肚的尸体又到哪儿去了？没准马克没死？那他人呢？

还有个问题，凯莱去了哪儿？安东尼三步并作两步跑到红宅前，躲在草坪边的灌木丛中，等到凯莱房间的窗户开灯。如果比尔的房间亮了，那就说明他们暴露了。——凯莱可能朝比尔的床上瞥了一眼，对假人产生了怀疑，于是开灯确认。好吧，大不了拼个你死我活。但是，如果凯莱的房间亮了——

一丝亮光从那窗户后面透出来。安东尼感到浑身一阵震颤。是比尔的房间！战斗警报拉响了！

那亮光久久不散，耀眼夺目。——一阵风刚吹过，吹开了云彩，整个红宅沐浴在月光中。比尔没拉窗帘，真是个冒失鬼！这是他做的第一件傻事，不过……

月亮又被遮住了脸……安东尼在灌木丛中大笑起来。凯莱的房间隔壁还有一扇窗，那里没有灯光。看来战争暂时延迟了。

安东尼继续趴在灌木丛中，目送着凯莱上了床。毕竟今晚早些时候，凯莱曾到他的房间"关照"过他，不干点什么作为回礼似乎说不过去。一个人可以在池塘里玩玩，直到他的朋友舒舒服服地隐藏好。

与此同时，比尔等得牙都痒痒了。他一直担心自己会忘掉这个生死攸关的数字"六"，进而毁掉今晚的计划。是第六根栅栏。六。他扯下一根草茎，掐成六份，摆在自己面前的土地上。六。他抬头看看池塘，反复将栅栏柱数到第六根，嘴里还不忘念念有词地重复着"六"。一、二、三、四、五、六、七。怎么数到七了！到底是不是七？还是地上正巧有另一根草茎？应该是六，没错！我不是对安东尼说了"六"吗？没关系，安东尼的记性更靠谱，没事的。六！他扔了七段草茎，又另外掰了六根。也许放在口袋里更安全。六。一个高大的男人，身材是六英尺。对了，他自己就高六英尺。没错，这个主意好，绝对忘不了。觉得这一点没问题了，他又开始思考那个沉入水底的袋子，思考安东尼会说什么，思考水有多深，泥有多脏。想着想着，他说了句："上帝啊，这坑人的生活！"正当此时，安东尼出现了。

比尔站起身来，冲到缓坡之下迎接他。

"是六。"他坚定地说，"从我这边数第六根。"

"很好，"安东尼微笑道，"从我那边数是第十八根——就在那边。"

"你到底干吗去了？"

"目送凯莱上床睡觉。"

"还算顺利吗？"

"嗯。你最好把衣服挂到第六根栅栏柱上，这样一来就方便找了。我把我的挂在第十八根柱子上。你是准备在这边脱衣服,还是上船再脱?"

"在这边先脱掉一点,留一点到船上脱。你肯定你不想亲自下水探险吗?"

"不想,多谢你的美意。"

他们绕到池塘的另一边,来到第六根栅栏前。比尔脱下外套,挂在上面,然后又脱掉其他衣服。安东尼走到第十八根栅栏。一切准备停当,他们上了小船。安东尼掌舵。

"现在,比尔,你看好,一旦我们和两个标记连成一条直线,就立刻告诉我。"

他把小船缓缓划向湖中央。

"差不多了,"比尔最后说。

安东尼停住船,看着他。

"很好,非常好。"他调转船头,直到它指向比尔刚才藏身的那棵松树:"你能看见我的树和另一件外套吗?"

"是的。"比尔说。

"好,现在,我沿着这条线划,直到我们与另一条重合。你尽可能给我指路——也是为了你自己好。"

"慢点!"比尔大声说,"退后一点点……再退一点……一点,向前一点……好了!"安东尼放下桨,四下里张望。现在他可以说,他们已经在两条直线的交点上了。

"好了,比尔,看你的了。"

比尔脱下衬衫和长裤,站了起来。

"别从船上往下跳,老伙计,"安东尼急忙阻止他,"你会把船蹬开的。文明点,滑着下去。"

比尔从船尾缓缓滑下水,又慢慢地游到安东尼身边。

"感觉如何?"安东尼说。

"运气不错,水特冷。"

他一猛子扎进水里,扑腾几下,就不见了。安东尼定住了船,又看了一眼刚才做下的标记。

比尔从他身后冒出来,大声抗议:"这水太浑了!"

"有水草吗?"

"没有,感谢上帝。"

"那么好吧,再试试。"

比尔又一猛子扎下去,不见了。安东尼再次把船划回正确的位置。比尔这次从他前面冒了出来。

"我觉得,如果我扔给你一条沙丁鱼,"安东尼微笑着说,"你会干净利落地用嘴接住它。"

"站着说话不腰疼!我还能在水里待多久?"

安东尼看了看表。

"大概还有三个小时。天亮前我们一定要回去。但是请你快点,坐在船上挺冷的。"

比尔第三次消失在池塘中,留下一长串水泡。这次,他在水下待了几乎有一分钟,再冒出水面时,咧着嘴大笑。

"我找到它了,但这玩意儿死沉死沉的!没准我一个人搬不动它。"

"没关系,"安东尼说着从口袋里拿出一团绕紧了的粗绳子,"如果行的话,你把绳子穿在袋子的把手上,我们一起把它拉上来。"

"想得真周到,"比尔游到船边,抓住绳子的一头,又游了回去,"等着瞧!"

两分钟后,袋子平平安安地被捞到了船上。比尔爬上船,安东尼开始努力往回划。"干得漂亮,华生。"他们上岸之后,安东尼静静说道。他摘下两人的外套,在比尔擦干身体穿衣服的空当,把袋子装到了自己的口袋里。

"在打开之前我需要抽袋烟冷静一下,"他说道,"你呢?"

"我也得来一袋。"

他们小心翼翼地填满烟斗,点燃。比尔的手有点颤抖,不过被安东尼注意到了。他向对方挤出一个安慰的微笑。

"准备好了吗?"

"嗯。"

他们坐下,把袋子放在双膝之间,安东尼解开了绳结,打开了袋子。

"是衣服!"比尔惊呼道。

安东尼拿出最上面的一件,抖开。这是一件棕色法兰绒外套,已然湿透了。

"你认得这衣服吗?"他问道。

"这是马克的棕色法兰绒西装。"

"是他逃走时候穿的那件吗?"

"嗯，看上去很像。当然，他也囤了不少同样款式的衣服。"

安东尼将手伸入胸前的口袋中，拿出了几封信。他心事重重地琢磨了一阵。

"我觉得我最好还是读读这些信，"他说道，"我的意思是，至少看看——"他询问地看着比尔，对方点了点头。安东尼点亮手电筒凝视着这些信，比尔焦急地等待着。

"那好。马克——哈哈！"

"上边写的什么？"

"就是凯莱向探员提起的那封信。罗伯特寄过来的。'马克，你亲爱的哥哥要来看你了——'很好，看来我最好还是把它收存起来。那么，这里是上衣，让我看看还有什么。"他从袋子中抽出其他衣服，平铺在地上。

"都在这儿了，"比尔说道，"衬衫，领带，袜子，内衣，还有鞋——没错，都在这里了。"

"这些都是他昨天穿的衣服吗？"

"对。"

"你对此作何感想呢？"

比尔摇摇头，又问了另外一个问题。

"你的目的达到了吗？"

安东尼突然爆发出一阵大笑。

"这太荒谬了，"他说道，"我希望看到的是——唔，你知道我想看到的究竟是什么。是尸体。穿戴整齐的尸体。哈，看来把尸体另藏别处确实会更安全些。把尸体藏在这儿，衣服扔在密道里，这样永远都不会露馅。不过凯莱却费尽心机把衣服藏在池塘里，把尸体抛下不管。"他摇着头："我有点搞不懂了，比尔，但这竟然就是事实。"

"还有什么别的吗？"

安东尼把手探进袋子里摸了摸。

"都是石头——还有些别的，"他将那东西拿了出来，举得高高的，"还有这个，比尔。"

是办公室的钥匙。

"天哪，还真被你猜着了！"

安东尼又摸了摸袋子，干脆把袋子底朝天翻了过来，把东西倒在草地上。十多块石头滚了出来——与此同时，还有些别的。他再次点亮了手电筒。

"另一把钥匙。"

他将两把钥匙装进口袋里，静静地坐在草地上，一待就是半天。比尔也保持着沉默，他不想打断安东尼的思路，但最终还是忍不住说道：

"要我把这些东西放回去吗？"

安东尼抬起头。

"什么？哦，要的。不不，我去把它们放好。你帮我照点亮就行。"

安东尼十分小心而缓慢地把衣物塞回袋子，每拿起一件衣服，他都要顿一顿。在比尔看来，他的同伴一定在想，如果他能理解凯莱的用意，就一定能发现新的线索。是什么线索呢？他依旧跪在那里，苦苦思索。

"就这些了。"比尔说。

安东尼冲他点点头。

"没错，就是这些了，"他说道，"这才是有趣的地方。你确定就只有这些了吗？"

"你什么意思？"

"手电筒先给我用用。"他接过手电筒，依次照着两人之间草地上的衣物，"没错，就是这些了。真有趣。"他将袋子拿在手中，站起身来。"现在我们找个地方把这些东西藏起来。然后——"话未说完，他住了口，穿过树丛走了出去，比尔温顺地跟从着。

他们藏好了袋子，走出了灌木丛。安东尼突然间变得更加健谈了。他从口袋中取出两把钥匙。

"一把是办公室的钥匙，据我猜想，另一把应该是密道中碗橱的钥匙。所以我觉得我们应该去看看那个碗橱。"

"我说，你真的是这么想的吗？"

"嗯，我猜不出其他的可能性了。"

"那凯莱为什么要把它扔掉呢？"

"因为不管怎样，它的任务已经完成了。凯莱想和密道撇清关系，撇得越远越好。我不认为这会有用，也不指望发现什么，但是，我觉得我该去看看那碗橱。"

"你还是觉得马克的尸体就在里面？"

"不。但又会在哪里呢？除非我从一开始就想错了，凯莱根本没有杀马克。"

比尔迟疑着,他不知道该不该提出自己的理论。

"我知道你觉得我是个傻瓜——"

"我亲爱的比尔,既然我是个彻头彻尾的傻瓜,自然希望你也是。"

"那好吧,假设马克杀了罗伯特,凯莱帮助他逃跑了,正如我们一开始所想的那样。我知道你随后证明了这是不可能的,不过假如也许它真的发生了,只是发生的方式和理由我们还不清楚。我的意思是,这事儿真带劲。啊,真是一切皆有可能啊。"

"你说的没错,那么?"

"那么,可是,衣服的事儿。这是不是能证明逃跑理论呢?警察知道马克穿着棕色衣服。也许凯莱拿了另一套进密道,帮助马克逃走,换了棕色的这套?最后,他发现藏在池塘里比较安全。"

"对,"安东尼若有所思地想着,然后说,"继续啊。"

比尔迫不及待地接口道:

"听上去说得通吧,你知道!我是说即使你的第一条理论也能解释了:马克意外杀了人,去找凯莱求助。当然啦,如果凯莱真心实意救他,他应该告诉马克什么都不用怕。但是他没有,他想除掉马克,因为有个姑娘夹在中间。于是,机会来了。他几句话就让马克吓得魂不附体,告诉他唯一的机会就是逃跑。好了,凯莱为马克做了一切,让他远走高飞——因为一旦马克被捕,凯莱的把戏就玩不转了。"

"确实有道理。不过就为了伪装一下,犯不上把内衣都换了吧。你知道,这很浪费时间。"

比尔停下来想了一下,然后感慨道:"哦!"语气中满是失望。

"不,并没有这么糟糕,比尔,"安东尼微笑着说,"我敢说内衣的事情总会有个解释。不过很难。如果只有凯莱看到了马克穿着棕色衣服,他为什么还要费力把衣服换成蓝色的,或者其他什么?"

"因为根据警方的描述,马克就是穿着棕色衣服逃走的。"

"没错,不过你也要记住,这是凯莱告诉警方的。你看,即便马克在午餐时分穿着棕色正装就餐,而且还是在用人的众目睽睽之下,凯莱依旧可以坚持说他在午餐后换了一件蓝色外套,因为只有凯莱一个人见过他啊!所以,只要凯莱告诉探员,马克一直穿着蓝色衣服,马克就能大模大样地身穿棕色外套逃走,换都不用换。"

"但是,他确实是那样做了,"比尔高声叫着,"我们真蠢!"

安东尼一脸惊奇地看着他,然后摇了摇头。

"没错!没错!"比尔坚持道,"当然是这样!马克在午餐后换了衣服,然后赢得了更大的逃走的机会。凯莱则在探员面前撒了谎,坚持称马克是穿着棕色衣服逃走的,因为有一大票的用人为他作证。唔,他因为担心警察会检查马克的衣服,发现棕色衣服还在,所以他要先下手为强,把它扔进池塘!"

他满怀希望地转向自己的朋友,但安东尼依旧保持着沉默。

比尔又开始滔滔不绝,但听者依旧一言不发。

"先别说了,老伙计,你这些话已经够我消化的了。今晚先不想了。我们去看看那个碗橱,然后上床睡觉。"

不过在那晚,对碗橱的探索也以无果告终。里面是空的,只有几个旧瓶子。

"嗯,看来也没什么了。"比尔说道。

不过安东尼却擎着手电筒,跪在地上,迟迟地搜索着什么。

"你到底在找什么?"

"一些该在这儿,但不在这儿的东西。"安东尼说着,起身拍了拍裤子上的灰尘,又将碗橱上了锁。

第十八章 猜测

因为审讯要从三点钟开始，安东尼甚至没有机会向红宅的主人感谢他的盛情款待。到十点钟的时候，他已经打好了包，等着前往"乔治酒家"。比尔的早餐比平时晚了几分钟，吃过饭他兴冲冲地上楼。这样喧嚣的早晨让他兴致盎然。

"干吗这么急？"

"不干吗。因为审讯之后我们就不会回这里来了。现在就去打包行李吧。这样我们还有一个上午的时间。"

"没问题，"他跑回了房间然后又跑回来，"我说，咱俩住在'乔治酒家'的事儿，要不要和凯莱说一声？"

"你公开的行程不是待在'乔治酒家'，比尔，而是回伦敦。"

"哦！"

"对，告诉凯莱你要在审讯过后搭乘火车返回伦敦，让他先把你的行李发到斯坦顿。你可以告诉他你要马上去伦敦见红衣主教。只要你回伦敦的消息得到确认，一切看起来就比较正常。我先回乔治酒家去享受一下独处的快乐。"

"那我今晚住哪儿？"

"对外宣布,我想,你将睡在富勒姆宫;而事实上,我猜你会跟我挤在一张床上,除非乔治酒家另有空房。我把你的细软——也就是睡衣、梳子,等等,放进我的包里,帮你准备停当。你还有什么不明白的地方吗?没有了?好,回去收拾。十点半在枯橡树下碰头,或者到门厅找我。我想找人说话,我可离不开我的华生!"

"好的。"比尔说着,溜回房间。

又过了一个小时,向凯莱述说了各人的官方行程之后,两人聚在花园里,一起闲逛。

"那么,"两人在树下挑了个舒服的位置坐下,比尔说道,"想说就说吧。"

"早上在洗澡的时候,我又有了很多好想法,"安东尼开口道,"其中最好的想法的就是:咱们两个都是笨蛋,从一开始就想错了。"

"唔,这很有用。"

"啊,看来当侦探确实不容易,特别是你既不懂刑侦手法,又不能让人知道你在调查,还没法把人们聚起来反复盘问,甚至没有精力也不懂得如何提出正确的问题。反正完全是个外行,靠碰运气,恐怕很难把事儿做好。"

"就一个外行来说,我倒是觉得你做得并不那么糟。"比尔抗议道。

"当然不是外行,关键是,如果我们是职业侦探,我想我们应该从另一头开始做。也就是,从罗伯特身上入手。我们一直在马克和凯莱身上动脑筋,可是现在,我们也得想想罗伯特。"

"但我们几乎对他一无所知。"

"唔,那让我们先来研究知道的信息。首先,我们马马虎虎地知道他是个烦人精——就是那种足以让你在众人面前难堪的兄弟。"

"对。"

"我们还知道,他写了一封不算友好的信,通知马克自己即将来访——这信目前就在我的口袋里。"

"对。"

"然后我们又知道了一件很怪的事。马克在吃早餐的时候,告诉你们所有人,罗伯特要来了。我问你,他为什么要告诉你们?"

比尔想了一会儿。

"我猜,"他慢吞吞地说,"他知道我们很容易撞见罗伯特,所以还不如开门见山地事先打个预防针。"

"但你们真的会遇见他吗?他来的时候,你们正在外面打高尔夫。"

"如果他留在红宅过夜的话,我们肯定会遇到他。"

"那好吧,那么我们就得到了一个事实。马克知道罗伯特当晚要在红宅过夜,或者我们不如这样说——我们知道,他想赶紧将罗伯特打发走是不可能的。"

比尔热切地看着自己的朋友。

"哦,继续说啊,"他说道,"越来越有意思了。"

"他还知道,"安东尼继续道,"在遇到你们之后,罗伯特肯定会原形毕露。他没法把罗伯特形容成从自治州来旅游的,带点口音的好哥哥,他只能坦白,因为你们很快就会发现,罗伯特是个败家子。"

"对,听上去很合理。"

"唔,那么,你不觉得马克在这么短的时间内,做出这一连串的安排有些奇怪吗?"

"你什么意思?"

"他早餐时收到了信,还读给你们听。读完之后开始对你们抱怨。也就是说,在大概一秒钟之内,他就把一切开诚布公,还做出了一个决定——不,是两个决定。他考虑了赶在你们打球回来之前把罗伯特撵走的可能性,发现这不大可能。他考虑了罗伯特以一个正派人的形象出现在大家面前的可能性,也觉得不可能。于是,他在读信过程中,瞬间便得出了上述两个结论。这是不是有些太快了?"

"那你觉得该作何解释?"

安东尼不紧不慢地填好烟斗,又点燃,然后说道:

"作何解释?唔,我们先不管他,转而分析一下这两兄弟吧。不过,这次也要带上诺伯莉小姐。"

"诺伯莉小姐?"比尔吃惊地问。

"没错。马克希望与诺伯莉小姐成婚。现在,如果罗伯特是家族谱系上的一个污点,马克无非只有两个选择。或者,在诺伯莉小姐面前极力隐瞒,或者,要是实在掩盖不住,就向诺伯莉小姐坦白。显然,他选择了后者。不过有趣之处在于,他选在罗伯特到访的前一天向他们摊牌。就在前天,星期二,罗伯特来了,还死在了这里。也就是说,在星期一的时候,他就已经向诺伯莉夫人交代了这件事。华生,你怎么看?"

"是巧合,"比尔在深思熟虑之后说道,"他一直想对诺伯莉夫人坦白,他的求爱很有效果,所以在婚事敲定前,他必须把这事儿交待明白。那件事发生在星期一,星期二罗伯特来信了,马克一定很庆幸自己及时把这事说出来了。"

"唔,可能是巧合,不过还真是个奇怪的巧合。还有些事,让这案情变得更加奇怪。这是我今天早上洗澡时才想到的。浴室真是个激发灵感的好地方。马克在星期一早上把罗伯特的事告诉了诺伯莉夫人,当时他正驱车前往米德尔斯顿。"

"那又能说明什么?"

"这说明了很多。"

"不好意思,安东尼,早上起来脑子不好使。"

"他开着汽车,比尔,你知道汽车能开到最近的地方距离加兰德有多远吗?"

"大概有六百码远。"

"没错。无论他是去干吗,在马克去米德尔斯顿的路上,他停下车,走了六百码远,翻过小丘,来到加兰德,说道:'哦,顺便说一句,诺伯莉夫人,我想我还没有告诉你其实我有一个讨人嫌的哥哥罗伯特。'然后又走了六百码远,翻过小丘,上车走人?这合理吗?"

比尔深深地拧起了眉头。

"没错,不过我还是不知道你的目的是什么?不管怎样,他都去了呀。"

"他当然去了。我的意思是,出于一些强烈的原因,必须立刻把罗伯特的存在透露给诺伯莉夫人。至于原因,我猜就是,当时他已经知道罗伯特会来见他,所以必须先去说这些话。记住,当时是星期一早上,而不是星期二!"

"但是——但是——"

"这也解释了另一个问题——他为什么在早餐时立即下定决心知会你们哥哥的存在。因为这不是一个临时起意的决定。他在周一就知道罗伯特要来,一早就下定决心将这件事告诉你们。"

"那这封信怎么解释?"

"嗯,让我们先看看这封信。"

安东尼从口袋中抽出信,在两人之间的草地上展开。

"马克,明天你亲爱的哥哥就要从澳大利亚千里迢迢地过来看望你了。我已经预先给了你警告,所以请不要太吃惊,尽量表现得高兴些。他三点左右就会到达。"

"你看,并没有提到日期,"安东尼说道,"只说了'明天'。"

"但他是周二得到的这封信。"

"真的吗?"

"唔,他是周二读给我们听的。"

"哦,对了!他读给你们听过。"

比尔又把信读了一遍,还把信纸翻了过来。不过没什么隐藏的信息。"

"邮戳呢？"他问道。

"很遗憾，我们没能拿到信封。"

"你觉得他是周一收到信的？"

"我更倾向于这个观点，比尔。毕竟，我想——我认为我能肯定——他在周一就知道自己的哥哥要来了。"

"知道这点对我们有什么帮助吗？"

"没有帮助，还把事情搞得越发复杂了。离奇的事儿还真多啊！我实在无法理解。"他沉默了一会儿，又说："我甚至怀疑审讯是否能起到作用。"

"昨天夜里的事儿怎么样？我真想知道你对它的看法。你想明白了吗？"

"昨天夜里，"安东尼想了想，说，"嗯，昨天夜里能说明一些问题。"

比尔非常想听他解释，譬如说，安东尼对碗橱的看法。

"我觉得，"安东尼缓缓说道，"经过昨天夜里的监视，我们必须放弃马克被杀的假设——我的意思是，马克被凯莱杀掉的假设。我不相信会有人大费周章地处理一套衣服，却把尸体砸在手里。尸体应该比衣物重要得多。我想，现在我们必须承认：衣物是凯莱所认定的唯一需要藏起来的东西。"

"那他为什么不把衣服藏在密道里？"

"他觉得密道不安全，因为诺里斯小姐知道密道的存在。"

"那他为什么不把衣服藏在自己的卧室里，或者马克的卧室里？你、我、任何人都知道，马克完全可能拥有两件棕色外套。我觉得，这完全可能。"

"确实很可能。但是这恐怕不能让凯莱放下心来。棕色外套里隐藏着很大的秘密，所以必须藏起来。我们都知道'最危险的地方就是最安全的地方'这个道理，可惜很少有人愿意冒风险尝试。"

比尔看上去失望极了。

"又回到原点了，"他抱怨道，"马克杀了哥哥，凯莱善后。帮他从密道逃跑，可能是为了陷害他，也可能是因为别无他途了。凯莱对警察撒了个谎，棕色外套的谎，以防马克被抓。"

安东尼微笑着看着他，觉得很好笑。

"比尔，我们运气确实不佳啊，"他同情地说，"总之，只有一个凶手。我非常抱歉，那是我的错……"

"闭嘴，你这蠢货！你知道我不是那意思。"

"可是，你看上去失望极了。"

比尔嘟嘟囔囔反驳了一大通，最终忍不住大笑起来，承认自己是挺失望。

"昨天多刺激啊，"他为自己开脱，"我们好像就要发现真相了，可是现在……"

"可是现在？"

"唔，太平常了。"

安东尼笑得很大声。

"平常！"他叫道，"平常！哦，我简直……平常！要是能找到一件平常的事就好了,可惜,每件事都非常……荒谬!"

比尔又来劲儿了。

"怎么个荒谬法?"

"每件事!先想想昨夜我们弄到的那包荒谬的衣服。你能解释棕色外套,可是为什么要换内衣?也许内衣也能用生硬的方法勉强解释过去——比方说马克就是有这个习惯,每当他见澳大利亚客人的时候,就要从里到外把衣服都换了。可是,为什么,亲爱的华生,为什么他却不换假领子?"

"假领子?"比尔吃了一惊。

"假领子,华生。"

"我不懂。"

"非常平常。"安东尼挖苦他道。

"对不起,安东尼,我不明白。假领子怎么回事?"

"很简单,包里没有假领子。衬衫、袜子、领带,什么都有,就是没有假领子。为什么?"

"你在碗橱里找的就是假领子?"比尔连忙问。

"当然。为什么没有假领子?如果因为某些原因,凯莱有必要藏匿马克所有的衣物,不光是外套,而是他穿戴的每一件东西,或者谋杀发生时他应该穿戴的每样东西,那为什么单单漏掉假领子?为什么?他忘了吗?所以我查了碗橱,可是没有。他故意不藏的?如果是这样,有何目的?——假领子又在哪儿?于是我对自己说:'我最近有没有在哪里见过假领子?单独的一只假领子?'我记起来了。比尔,你呢?"

比尔皱着眉头想了好一会儿,又摇摇头。

"别问我,安东尼,我想不起来……天哪!"他猛地抬起头,"在办公室隔壁房间的脏衣筐里!"

"没错。"

"可是,那就是吗?"

"是不是与其他衣物相配的?我可不知道。但,它还能掉在哪里?但是,如果它是,为什么把假领子随手扔在要洗的脏衣服当中,把其他衣物却费尽九牛二虎之力藏起来?为什么?为什么?为什么?"

比尔重重敲打着自己的烟斗,然而想不出什么可说的。

"不管怎样,"安东尼紧张地站起来,"我对一件事很肯定:马克在星期一的时候就已经知道罗伯特要来了。"

第十九章　审讯

　　验尸官对于那天下午的惨剧的可怕实质加以标注，然后将案件的梗概上交法庭。证人们也被逐一传召至法庭，借以辨认死者是否为红宅的主人马克·阿博莱特之兄——罗伯特·阿博莱特。证据称，死者生前是有名的败家子，一生基本上都是在澳大利亚度过的；在一封几乎可以被定性为恐吓的信件中，声称要在案发当天下午前往红宅拜访自己的弟弟。证据显示，他当天下午确实来过，还不幸成为了惨剧的主角，死在了红宅中被统称为"办公室"的房间中；而且案发之前他的兄弟也进入了这个房间。陪审团对于当天下午的案情，会做出自己的判断。不过，在那一瞬间究竟发生了什么？又有证据显示，在马克·阿博莱特进入房间的两分钟后，房内就爆发出一声枪响——五分钟后，房门被撞开，当事人发现了死者罗伯特·阿博莱特横卧在地板上的尸体。至于马克·阿博莱特，自从他进入办公室后，再也没人见过他。不过有证据显示，那时他身边有足够的钱，可以逃到英国的任何地方去；还有一名证人称他曾在斯坦顿车站的月台上见过一个外貌与描述中十分相似的人，显然那人正等着搭乘下午三点五十五分的火车去伦敦。陪审团明白，这类指认证词可信度通常不高。只要有人失踪了，马上就会在许多不同的地点有人声称见过他。但尽管如此，马克·阿博莱特从那一刻就失踪了，这是千真万确的事实。

"验尸官这人挺靠得住的，"安东尼对比尔悄悄说道，"话不多。"

自打一开始，安东尼就没有对"证据"抱太大希望——截至此时，他对案情算是有了相当的了解了——不过他依旧期待波奇探员能提出什么新奇的理论。如果真有，那铁定会出现在验尸官的报道里，毕竟验尸官也是经过警方培训的专业人士，他知道如何从不同证人千头万绪的证词中提炼事实。比尔就是最先受到传召的证人。

"那么，关于这封恐吓信，贝弗利先生，"验尸官陈述了基本的证言后，问道，"你见过原件吗？"

"我没见过原件，只看到了信纸的背面。当时马克拿着信，当着大家的面提到了他的哥哥。"

"也就是说你并不清楚信的真实内容？"

忽然间，比尔的心尖儿抖了一下。这封信他今天早上还读过。他非常清楚信的内容，但这事儿绝对不能承认。而且，就在他要撒个谎的时候，他记起一件事：安东尼曾听到凯莱对探员说到过这封信。

"我事后才知道的。别人告诉我的，不过在吃早餐的时候，马克没有读过信。"

"然而,你推断出这是一封不大友好的信?"

"哦,没错!"

"当时马克被这封信吓到了吗?"

"看那表情不像是害怕,更像是苦恼——甚至有点逆来顺受的意思,就好像'哦,上帝啊,怎么又是他!'"

四周有人窃窃地笑了起来。验尸官本也想笑,但硬生生地憋住了。

"非常感谢您的证词,贝弗利先生。"

下一位被传召的证人名为安德鲁·阿莫斯,安东尼饶有兴致地打量着他,琢磨着这人到底是谁。

"他住在内宅。"比尔悄悄提醒道。

不过阿莫斯只是提到,在当天下午三点,他看到一个陌生人匆匆忙忙地路过内宅,还跟他说了两句话。还指出,如果再次遇见这个人,他一定能认出来。

"他都说了些什么?"

"'去红宅是走这条路吗?'诸如此类的话,先生。"

"那你是怎么回答的?"

"我说,'这里就是红宅,您找哪位?'这人看上去挺粗野的,先生,我也不知道他是来干什么的。"

"然后呢?"

"然后,先生,他又问:'马克·阿博莱特在家吗?'虽然原话不是这样,但我也没太留意。所以我走到他身前,说:'你到底要找谁,嗯?'他轻声冷笑着,说道:'我来见我的兄弟,马克。'唔，然后我就凑上去仔仔细细看了看，觉得这可能真是马克先生的哥哥。所以我说：'沿着公路一直走，先生，然后你就能看见红宅。但是马克先生是否在家我就不大清楚了。'他粗野地哈哈大笑，说道：'马克先生还在这儿修了所不错的外宅啊，钱多得花不完了，是不是？'唔，他说完这话，我又结结实实地打量了他几眼，先生，因为有教养的绅士才不会像他这样说话呐，那这人到底是不是阿博莱特先生的哥哥呢——我正琢磨着，他已经笑着走远了。我知道的就是这么多，先生。"

安德鲁·阿莫斯走下证言台，走到审讯室后方坐下。安东尼一直盯着他，直到他确信阿莫斯在审讯结束前不会离开。

"现在跟阿莫斯说话的那个人是谁？"他向比尔悄悄问道。

"是帕森斯，园丁。他住在斯坦顿公路边上的外宅。今天他们都过来了，就跟放了一天假差不多。"

"我怀疑他可能也要上台作证。"安东尼想道。确实是这样，阿莫斯下台后，他就随即给出了证言。当天他正在宅前的草地上忙碌着，然后就看到了罗伯特·阿博莱特。不过他没有听到枪声——其实是根本就没注意；他有点耳背。不过他指出，在罗伯特先生到达五分钟后，另一位绅士也到了红宅。

"你能在庭上指出那位先生吗？"验尸官问道。帕森斯慢吞吞地环视着法庭。安东尼捕捉到他的眼神，报以微笑。

"就是他。"帕森斯指着安东尼说道。

大家都看向安东尼。

"是在五分钟后，对吗？"

"八九不离十吧,先生。"

"那在这位先生到达前,有人走出过红宅吗?"

"没有,先生。至少我没看见。"

史蒂文斯小姐作为下一位证人上台。她所给出的证言和向探员陈述的案情没什么大区别,因此乏善可陈。之后是艾尔熙。书记官记下了她无意中听到的交谈声,并且在报道中加了个括号:这是下午审讯会上引起的第一次"轰动"。

"你听到两人争吵之后,过了多久枪就响了?"验尸官问道。

"几乎是马上,先生。"

"有一分钟吗?"

"我不确定,先生,因为确实太快了。"

"那枪响时你还在门厅?"

"哦,没有,先生。我当时在史蒂文斯太太房间门口。也就是管家间门口,先生。"

"你当时没返回门厅,去看看究竟发生了什么?"

"哦,没有,先生。我当时和史蒂文斯太太在一起,当时她还喊道:'哦,那到底是什么?'一副吓坏了的样子。然后我说:'就在宅子里,史蒂文斯太太,就像是什么东西爆炸了。'"

"好的,很感谢你的证词。"验尸官说道。

凯莱走上证人席时,法庭又发出一阵骚乱。这回不是"轰动",而是怀着同情心的兴趣和渴望。对听众们来说,现在一场好戏渐入佳境了。

他谨慎地提供着证词,不夹带感情色彩——撒起谎来,也从容不迫，好像自己说的都是真相。安东尼专注地看着他，不明白他身上究竟有什么，令他散发出一股奇怪的魅力。安东尼虽然很清楚凯莱在撒谎——不是为了马克，而是为了自己撒谎，可是竟也流露出一种寻常的同情。

"马克有左轮手枪吗？"验尸官问道。

"据我所知，没有。如果他有的话，我会知道。"

"那天早上是你和他单独待在一起的。他向你提过罗伯特要来的事儿吗？"

"其实那天早上我和他在一起的时间不长。我一直在自己房间忙工作，有时也到外面看看。我们在一起吃了午饭，期间他向我提过几句。"

"当时他的语气如何？"

"唔——"他迟疑着，然后说道，"我觉得用'恼怒'这个词儿来形容最贴切。偶尔他会说：'你猜他想要什么？'或者'他为什么不老老实实待在他该待的地方？'还有'我讨厌他信上的口气，你认为会有麻烦吗？'当时他说话的语气大多如此。"

"对于他哥哥已经到达英国这件事，他是否表达了惊讶？"

"我想，他一直很怕他哥哥有一天会突然出现。"

"啊……兄弟俩进办公室后，你没听见他们交谈吗？"

"没听见。马克一进办公室，我就去了书房，一直坐在里面。"

"书房的门开着？"

"是的。"

"你听见或看见刚才作证的那名证人了吗?"

"没有。"

"如果有人走出办公室,你从书房能听见吗?"

"我想能的。除非他故意轻手轻脚地出来。"

"你觉得马克是个脾气急躁的人吗?"

凯莱认真考虑了一会儿,才回答道:"脾气急躁,是的,但,并不暴躁。"

"他爱好运动吗?身手是否敏捷?"

"身手敏捷,没错,但并不强壮。"

"好的……还有一个问题。马克有没有随身携带大量现金的习惯?"

"有。他总是随身带着一张一百镑的纸币,有时还会另带一二十镑。"

"谢谢,凯莱先生。"

凯莱沉重地回到自己的座位上。"见鬼,"安东尼自顾自想道,"我怎么会对这个人产生好感?"

"安东尼·吉林汉姆!"

人们再次感受到听众席上热切盼望的气氛。这个趟了浑水、把事情搅得更复杂的陌生人究竟是谁?

安东尼对比尔笑了笑,一步步走上证人席。

他详述了自己是怎么来到沃德海姆的"乔治酒家",怎么在路上打听到了远近闻名的红宅,又是怎么一路追寻过来,探访自己的老友贝弗利先生,以及如何遭遇到这场惨案的。在反复思量后,他十分确定自己当时听到了枪声。虽然他从沃德海姆一路赶来,但是罗伯特在几分钟之前就已经到达,因此与其失之交臂。

从这个角度来看,他的证词与凯莱不谋而合。

"您和上一位证人一起跑到法式窗前,却发现它上了锁?"

"没错。"

"你们推开窗户,来到尸体跟前。当然,您当时并不知道死者是谁,对吗?"

"我确实不知道。"

"当时凯莱先生说了什么?"

"他把尸体翻转过来,看到了死者的脸,说了一句'谢天谢地'。"

书记官再次记下"轰动"。

"你知道他当时这句话的意思吗?"

"我向凯莱先生询问死者的身份,他说是罗伯特·阿博莱特。然后他解释道,之前自己十分担心中枪的是自己的表哥——也就是马克。"

"那么,凯莱先生的表现如何?惊慌失措吗?"

"最开始的时候是有些失态。不过等他发现死者不是马克之后就好多了。"

听众席后排,一位神经紧张的绅士突然发出一声窃笑,验尸官戴上眼镜,严厉地瞪着笑声传来的方向。这位紧张的绅士决定还是低头系鞋带比较好,于是验尸官摘下眼镜,继续讯问。

"那么当你顺着公路走过来的时候,是否看到有人从红宅出来呢?"

"没有。"

"非常感谢您,吉林汉姆先生。"

下一位证人是波奇探员。探员意识到今天下午就是自己扬名立万的机会,全世界的目光都聚焦在他身上,于是他准备了一份标明红宅各个房间位置的平面图。此时,平面图已经交到了陪审团手中。

波奇探员向全世界宣称,当天他是在下午四点四十二分到达红宅的。他接到了马修·凯莱先生的报警——电话中对方曾简述了案情——自己到达之后迅速对现场进行了调查。法式窗是从外面强行破开的,房间通往门厅的大门上着锁。他细细地搜遍了整个房间,就是没看到钥匙的踪影。通往办公室的卧房窗户大开着;但窗上没有痕迹。不过鉴于这扇窗子位置低矮,探员经过实证断定,疑犯跳窗逃脱的可能性极大,而且不会在窗沿留下任何痕迹。窗外几码远有一丛灌木,窗边并没有新鲜的足迹,因为地面很硬,可能是因为最近干旱少雨所致。但是,他在灌木丛中的地面上找到了新鲜的断枝,可以推断有人曾从中间强行闯过。他讯问过与红宅有关的所有人,他们都说最近没去过灌木丛。一个人穿过灌木丛后,可以绕过红宅,来到公共绿地靠近斯坦顿的一端,而不被宅中的人发现。

他又向红宅中的人了解了死者的情况。因为家境的窘迫,十五年前,死者背井离乡远赴澳大利亚。在死者和其兄弟的故乡,他的名声并不好。兄弟两人的关系也不好,自从马克发迹之后，状况更是急剧恶化。此后不久，罗伯特就动身前往澳大利亚。

他还到斯坦顿车站做了调查。那天恰逢斯坦顿有集市，车站的人流较平时更多。没人特别注意到罗伯特·阿博莱特何时到达，当天下午两点十分的火车非常拥挤——毋庸置疑，罗伯特搭乘的正是这班火车，从伦敦而来。然而，有一名目击者声称他在下午三点五十三分曾看到一个很像马克·阿博莱特的人出现在车站上，这个人乘上了三点五十五分驶往城里的火车。

红宅附近有一个池塘，他也派人打捞过了，但一无所获——

安东尼漫不经心地听着探员的证词，期间一直没有停止思考。之后，验尸官给出了医学方面的证词，但对安东尼来说毫无价值。他感觉真相触手可及，但又似乎遥不可及。任何时间，某些东西都可能给他的脑子一点点所需的小提示。波奇探员还在按常理做调查，但对于这件案件，无论真相如何，都不能拘泥于常理。这里边有非常离奇的元素。

现在作证的人名叫约翰·波顿。星期二下午三点五十五分之前，他正在月台上送一个朋友。他留意到有一个男人身穿敞开衣领的外套，下巴上围了条围巾，也站在月台上。他不明白这个男人为什么要在如此炎热的天气里把自己裹得这么严严实实的。他看上去是不想引人注意。很快火车来了，他匆匆走上一节车厢，就消失了。

"在每件谋杀案里，都会有一个约翰·波顿。"安东尼想。

"你见过马克·阿博莱特吗？"

"见过一两次,先生。"

"那是他吗?"

"我没细看,先生,他围着围巾。但是,很快我就听到了红宅凶案的噩耗,阿博莱特先生又失踪了,于是我对妻子说:'会不会我在车站看到的就是阿博莱特先生?'我们认真讨论了这件事,决定应该告诉波奇探员。他的身高与阿博莱特先生差不多,先生。"

安东尼的大脑又开始飞速转动——

最后,验尸官给出了总结陈词。他说,陪审团现在已经听过了所有的证言,必须做出结论,即在案发房间中,两兄弟之间究竟发生了什么。被害人是怎样送命的?医学证据只能确认罗伯特·阿博莱特确实死于头部的枪击,但这颗子弹是从谁手中打出的?如果罗伯特是自杀的,那么枪到哪儿去了?马克·阿博莱特又到哪儿去了?如果他们不接受自杀的结论,还存在哪些可能?过失杀人、自杀还是蓄意谋杀?死者可能是意外死亡吗?有可能,不过这样的话,马克·阿博莱特何必逃走?有强烈证据支持,他是因为犯了重罪而逃走的。他的表弟凯莱亲眼见他进了办公室,女仆艾尔熙亲耳听到他在屋里与哥哥争吵,门从里面上了锁,窗户开着,有人刚刚从灌木丛中穿了过去。如果凶手另有他人,又会是谁?陪审团需要考虑的是,如果马克对哥哥的死不用负任何责任的话,他还会不会逃跑。当然,无罪的人有时也会昏头。最终大家有可能证明:马克·阿博莱特确实开枪打死了哥哥,但是他这么做是出于正当缘由,其实当他决定远离尸体逃开的时候，根本不用担心会受到法律制裁。

验尸官还提醒陪审团：他们所作出的裁决并非最终裁决，即使他们认为马克·阿博莱特确实犯了谋杀罪，也不能左右马克被捕后接受的任何审讯结果。所以，陪审团大可以先做结论。

陪审团经过几番纠结之后，宣布罗伯特·阿博莱特的死亡确系其兄弟马克·阿博莱特的枪击所致。

比尔回过头，发现安东尼已经走了。越过法庭，他看到阿莫斯和帕森斯并排而行，穿过大门，安东尼就走在两人之间。

第二十章　机智的贝弗利先生

安东尼的审讯是在斯坦顿的"羔羊酒吧"进行的；第二天，罗伯特的遗体也将在斯坦顿得以下葬。比尔在酒吧外等自己的朋友，不知道他到底去了哪儿。这时，比尔意识到凯莱很快会出来，走向他的汽车，要他跟比尔道别真有点尴尬，他踱到酒店背后的院子里，点了支香烟，呆呆地望着墙上一张饱经风吹日晒的破烂海报；上面印着"盛大戏剧表演"，即将在"十二月……星期三"上演。比尔还注意到，在海报的残缺部分，演职员表中扮演乔——一个话痨邮差——的正是"威廉·B.贝弗利"，不由得露出了欣慰的笑容。比尔远远没有编剧所希望的那么话痨，他当时在台上完全忘了词儿，可是仍然觉得十分有趣。忽然，他不笑了，因为他意识到，红宅事件的乐趣似乎到此为止了。

"不好意思，让你久等了，"安东尼在他的身后说道，"我的老朋友阿莫斯和帕森斯非要请我喝一杯。"他伸手勾住比尔的胳膊，愉快地笑道。

"为什么对这两个人这么感兴趣？"比尔有些不满，"我还在想你到底去哪儿了。"

安东尼没有回答，开始饶有兴趣地看着海报。

"这是什么时候的事儿？"他问道。

"你指什么？"

安东尼冲海报挥挥手。

"哦，这个，上个圣诞节吧。当时挺有趣的。"

安东尼开始自顾自地笑起来。

"你演得怎么样？"

"烂透了。我可不是当演员的好料子。"

"马克演得怎么样？"

"相当不错，他是个表演狂。"

"亨利·斯塔利祖父，饰演者——马修·凯伊先生，"安东尼读道，"不会是我们的老朋友凯莱吧？"

"正是。"

"他演得好吗？"

"唔，比我想象的好。他对表演根本不感兴趣，马克逼他上镜的。"

"我没看到诺里斯小姐的名字啊？"

"我亲爱的安东尼，人家可是专业演员，当然不会出现在这戏里。"

安东尼又笑了。

"我说，这出戏大受欢迎吧？"

"哦，那是当然！"

"我真笨，笨到家了，"安东尼郑重地宣布，"太笨了。"他轻声说着，把比尔从海报边上领开，离开酒店的院子，来到公路上。"太笨了。甚至现在……"他顿了顿，突然问，"马克的牙齿出过问题吗？"

"他倒是常常去看牙医。可这——"

安东尼第三次大笑起来。

"真走运！"他咯咯地笑道，"你是怎么知道的？"

"我们看的是同一个牙医，其实这个大夫还是马克推荐给我的。卡威特医生，就住在文普尔街。"

"住在文普尔街的卡威特医生，"安东尼若有所思地重复道，"没错。我记起来了。住在文普尔街的卡威特医生。顺便问问，凯莱也去那边看牙吗？"

"我想是的。哦，对，我想起来了，他也去那里。不过这究竟——"

"马克的健康状况如何？他经常去看医生吗？"

"就我所知，基本不去。他早上经常要做一大通晨练，以求在早餐时看上去光彩照人、神采奕奕。虽然效果不佳，但他倒是落得了一副好身体。安东尼，我希望你能——"

安东尼伸出一只手，立在唇边，示意比尔噤声。

"最后一个问题，"他问道，"马克喜欢游泳吗？"

"不，他讨厌游泳。我甚至都觉得他压根就不会。安东尼，是你疯了还是我疯了？还是这是什么新游戏？"

安东尼抓住他的胳膊。

"我亲爱的比尔，老伙计，"他说道，"这是个游戏。真是个出乎意料的游戏！而答案就在文普尔街的卡威特医生手里！"

他们沉默着，沿着大街走了半英里许路，来到沃德海姆。比尔曾两三次设法撬开安东尼的嘴，但安东尼都只是哼了几声敷衍了事。比尔正要再做尝试，安东尼突然停下身来，转向比尔，焦急地看着他。

"你能不能为我做点事？"他迟疑地看着对方。

"做什么？"

"唔，相当重要的事儿，一些我现在就想搞清楚的事儿。"

比尔全身的血液突然之间沸腾起来。

"我说，你真的全都搞明白了？"

安东尼点点头。

"至少，距离真相已经很近了，比尔。我想了解的只有一件事，这需要你回一趟斯坦顿。唔，我们还没走远，不会花你太多时间。你介意跑一趟吗？"

"我亲爱的福尔摩斯，华生愿意为您效劳。"

安东尼对他绽放出一个微笑，静默了一会，思考着。

"斯坦顿还有别的酒店吗——离车站更近一点的？"

"有一间'犁马'酒店——就在通往车站的路的拐角处——你说的是这家吗？"

"应该就是它了。想不想过去喝一杯？"

"当然啦！"比尔眉开眼笑。

"好！那就去犁马酒店喝一杯。如果你愿意的话，喝两杯也行。不过你要和老板或老板娘聊聊。关键是要搞清楚，周一晚上有没有人在那里住过。"

"罗伯特吗?"比尔急切地问。

"我可没说是罗伯特,"安东尼微笑着,"我只是希望你去搞清楚有没有什么游客周一晚上在那里下榻。尤其是陌生人。如果有的话,想法子问出详细情况,可别让老板觉察出你是故意想知道——"

"交给我好啦!"比尔打断道,"我知道你想要什么了。"

"别在下意识里把要打听的人想成罗伯特——或者其他特定的人。让他们告诉你那人是谁。别不知不觉地告诉他们那陌生人可能很高、高矮什么的,别给出任何提示,听他们讲。如果问老板,你最后请他也喝两杯。"

"好吧,"比尔自信地说,"那我们在哪里碰头?"

"多半会在'乔治酒家'吧。如果你先到了,就订一份晚上八点钟的晚餐。总之下次见面不会超过八点。"

"好。"比尔冲安东尼点点头,转过身,大步流星地返回斯坦顿。

安东尼伫立在原地,看着比尔充满干劲、脸上挂着微笑。然后他缓缓转过身,好像在寻找着什么。突然间,他找到了自己一直在追寻的东西。二十码开外有一条小巷通往左手边,巷口右侧不远处有一扇大门。安东尼填满烟斗,走到大门口,然后点燃烟斗,在门口坐下,两手撑着脑袋。

"那么现在,"他自言自语道,"让我们从头开始吧。"

临近八点钟,大名鼎鼎的猎手,威廉·贝弗利先生,风尘仆仆地赶到"乔治酒家"。而浑身上下一尘不染的安东尼光着头，站在门边，静候着他。

"晚饭准备好了吗？"比尔开腔道。

"是的。"

"那我先去洗把脸。天哪，可累死我了。"

"我真不该叫你去。"安东尼后悔地说。

"没关系，我没事儿。稍等一下。"比尔走到楼梯一半，回头问道，"我去你的房间吗？"

"对，认识路吗？"

"认识。你准备一下晚餐好吗？别忘了多叫点啤酒。"他消失在楼梯的尽头。安东尼慢步跟在后面。

饕餮一番之后，比尔终于在满满的食物间为自己的嘴挤出了一丝空间，可以抽空汇报一下自己的冒险经历。犁马酒店的老板很顽固——极其顽固，起初比尔休想从他嘴里套出话来。但是，比尔是个聪明人，上帝保佑，他太聪明了。

"他没完没了地谈论那场审讯，说真是怪事等等之类的话。他提起他老婆家曾经也经历过一次审讯，一副志得意满的样子。于是我说：'我猜，最近你的店里生意很好吧？'他说：'还好。'接着又滔滔不绝讲起审讯苏珊的往事——好像他有讲故事的强迫症似的。我又试了一次，说：'我猜，最近生意很清淡，呃？'他还是说'还好。'这时我觉得该再给他倒杯酒了，但打听消息这方面却几乎没有进展。可是，最终他还是掉到我的圈套里了。我问他是否认识约翰·波顿——就是那个自称在车站看到过马克的人。哈哈，他倒是跟波顿很熟，于是把波顿的老婆，他们全家的事都对我说了，还说了他们家的一个人是怎么被火烧死的。喝完这杯啤酒，谢天谢地，唔，我终于随口说了句：要记住只见过一面的人一定很难，更别说以后还要指认他呢。他说'是挺难的'，表示同意，接着——"

"给我三个猜测，"安东尼打断他，"你问他是否能记住到过店里的每个人？"

"完全正确！我很聪明吧？"

"聪明极了。结果怎样？"

"结果是个女人。"

"女人？"安东尼眼里闪着光。

"女人，"比尔说，"当然啦，我以为他说的人会是罗伯特——就像你认为的那样，不是吗？可是不对。那是个女人。周一夜里很晚才到的，还是开车来的，不过第二天一早就走了。"

"她描述了这女人的长相了吗？"

"嗯，她……很平常，不高不矮，不老不小，不黑不白，等等。没什么用，对吧？但是———一个女人，推翻你的推论了吗？"

安东尼摇摇头。

"不，比尔，没有推翻我的推论。"他说。

"你一直都知道会是个女人？或者说，你猜到了？"

"等到明天，明天我会告诉你一切。"

"还要等到明天？"比尔大失所望。

"好吧，如果你答应我决不再问其他问题，今晚我就告诉你一件事儿——可是你很有可能已经知道了。"

"什么事?"

"就是——马克·阿博莱特没杀他哥哥。"

"那么就是凯莱杀的。"

"这是另一个问题了,比尔。好吧,也告诉你,罗伯特也不是凯莱杀的。"

"那是谁——"

"多喝几杯啤酒吧。"安东尼笑了。比尔只好从善如流。

这天晚上,他们睡得很早,因为两人都累了。比尔睡得很香,鼾声如雷;但是安东尼却魂不守舍,辗转反侧。红宅现在正在发生着什么?也许他第二天早上就会接到消息;也许他会收到一封信。他把整个案件从头过了一遍——还有什么疏漏之处吗?警察会怎么做?他们最终会解开谜案吗?他应不应该向警方报告?好吧,还是让他们自己去调查,那是他们的职责。这次,肯定万无一失了。现在多想无益,明天早晨,一切都会真相大白。

早上,他收到了一封信。

第二十一章　凯莱的自白书

我亲爱的吉林汉姆先生：

　　从您的来信中知悉，您可能已经有了自己的一些发现；您觉得有必要知会警方，如果这样，我因谋杀罪锒铛入狱也只是个时间问题。不过，在这种情况下，您却仍然选择事先对我写信预警，其原因我不得而知，但我想您应该还是对我心存怜悯。无论您对我同情与否，您都想知道——我也确实想向您倾吐一下——阿博莱特是为什么且怎么会遭遇死亡的。如果您不得不通知警方，我也希望他们能清楚这事件的前因后果。可能他们——甚至是您——会将案件定性为恶性谋杀，但我也不会出面纠正，所以，他们愿意怎么说就怎么说吧。

　　这一切的源头就在十二年前的夏天，那时我只是个十三岁的孩子，而马克是个二十五岁的青年。他的一生就建立在浮夸和虚荣之上，就在死去之前还在努力装成一副慈善家的模样。我记得他当时坐在我家狭小的客厅中，用手套轻轻拂打着左手的手背；而我善良天真的母亲，还将他当成彬彬有礼的绅士。我和我弟弟菲利普草草清洁了一番，穿上带领口的旧衣，站在他的身前，一边用手肘轻推着对方，一边用脚后跟踢着泥土，心里腹诽着他打断我们游戏的恶行。他准备收养我们之中的一个，多善良的马克表哥啊！天知道他为什么会选择我；可能是因为菲利普当时才十一岁，小我两岁。

唔，马克为我付学费，我上了公立学校，稳稳地进入牛津，然后成了他的秘书。不过，您的好友贝弗利先生可能向您提到过，我干的活儿可远远超过了秘书的责权范围：我是他的地产经纪人，财务顾问，信使仆从——不过大多数时间，还要充当他的观众。马克一个人是活不下去的，总要找个人听他唠叨。我想在他的心里，我已经成了那个为他树碑立传的不二之选。有一天他还告诉我他准备让我做他的文稿保管人——真见鬼。我不在他身边的时候，他总会寄给我一些又臭又长的信件，我读过一遍之后就会撕成碎片。全是些没用的空谈！

三年之前，菲利普的生活遭遇了瓶颈。他被匆匆忙忙地送到了廉价的语法学校，毕业之后在伦敦坐办公室，生命中除了每周两镑钱的薪水之外，寡然无味。一天，我收到了一封他寄来的信，言辞疯癫，让人揪心。他说自己急需一百镑，不然人生就完了。我去找马克借钱。只是一百镑，你知道，我收入不菲，三个月内完全有能力还清。但他严厉地拒绝了我。我猜他觉得自己从这件事中无利可图——既得不到掌声，也得不到赞叹；就算菲利普对此感恩戴德，对象也是我，而不是他。我祈求他，甚至威胁他，为此吵了架；而就在我们忙于争执的同时，菲利普被捕了。我母亲为此忧郁而死——她最疼我弟弟——但马克，就像平常一样,甚至还有些沾沾自喜,庆幸自己真有先见之明,十二年前没有选择菲利普,而是选择了我!

后来,我曾承认过自己鲁莽,向马克道歉,他就像平常一样,扮演着不计前嫌、宽宏大量的绅士角色。然而,尽管我们表面上和好如初,可是从那天起,我已经成为他的死敌——当然,目空一切的马克看不到这一点。如果事情到此为止,我不确定是否会起杀心。要与一个你恨之入骨的人生活在一起,还要装出亲密无间的样子,确实非常危险。由于他对我非常信任,把我视作令他钦佩和感激的被保护人,他相信他自己有资格以我的恩人自居,所以渐渐地,我完全控制了他。我完全可以等待时机,选择机会。也许我不该杀他,但我发誓要报仇。现在,这个空虚的愚人要靠着我的怜悯才能生存,所以我完全不用着急。

两年之后,我重新审视了自己的处境,因为向马克复仇的机会正从我的身边溜走。马克开始酗酒。我会阻止他吗?我想是不会,但令我非常讶异的是,我竟然开始竭尽全力地劝他戒酒。可能是我善良的本能使然,但随即我找到了更有说服力的理由:如果马克酗酒而死,我岂不是就永远失掉了亲手复仇的机会?具体的原因可能难以言表,但不论我的动机如何,我都要阻止他。至少,他酗酒确实令我不快。

我虽然阻止不了他,但是可以限制他。所以除了我之外,没人知道他的秘密。没错,我帮他在公众面前保持光鲜亮丽,就像那些食肉动物把猎物喂肥,然后自己大快朵颐。我时常贪婪地看着马克，想着他已经完全被我控制，我可以随心所欲地摧毁他，只要我想，就能从经济上、精神上，任何方面，把他打入十八层地狱。我要做的，仅仅是撒开手，看着他慢慢地沉沦堕落。不过，凡事都不用着急。

然后他死在了自己的手上。这个没用的小酒鬼，出于私心和空虚，竟然妄图染指这个世界上最真诚纯洁的女孩。您可能已经见过她了，吉林汉姆先生，但你根本不了解马克·阿博莱特。就算他没有酗酒的恶习，也根本无法为她提供幸福。我和他相识多年，但对他从没有过任何感情。和这样枯萎狭隘的灵魂一起生活还不如死了为妙；酗酒之后的他更像是从地狱深渊爬出来的恶魔。

所以他必须死。她的母亲和马克狼狈为奸，妄图毁掉她的一生，而我是最后一面护盾。为了她我大可以在公开场面下射杀马克，虽然想想就大快人心，但我不想无谓地牺牲掉自己。他在我的掌握之下，我可以通过溜须逢迎达到任何目的。显然，将他的死亡安排成一场意外并不难。

我没必要喋喋不休地把我曾经想过的一个个计划都告诉你。这些计划都被我推翻了。有那么几天，我想导演一场池塘泛舟的事故——马克几乎不会游泳，我可以佯装成竭尽全力救他，却功亏一篑，痛失挚友。不过，不用我再动脑筋了，他自己告诉我一个绝妙的主意。他和诺里斯小姐把他的性命交到了我手里。要不是你那么聪明，我该说，这项计划完全称得上是天衣无缝。

那天我们谈到了红宅的闹鬼事件，马克比平时表现得更加自负高傲和荒唐。我敏锐地感觉到了诺里斯小姐心中的不快。晚饭之后她向我提议，装扮成女鬼吓吓马克，给他一个教训。马克对于他人的冒犯会有过激反应，我提醒过她，但是她却执意要试一试。我在犹豫之后，还是做出了妥协。不过，我也"不情愿地"透露了密道的存在。（从书房到绿地保龄球场有一条地下密道。凭借你的智慧，想必已经发现它了。一年前，马克无意中发现了这条密道，他觉得这是天赐的礼物，因为他能躲在里面喝酒，没人知道。但是他得把密道告诉我——他永远都离不开听众，即使是自己的恶习也要找人倾诉。）

我将密道的存在透露给了诺里斯小姐，根据我的计划，马克必须被吓到半死。没有密道的协助，她根本不可能神不知鬼不觉地潜伏到距离保龄球场如此接近的位置实施计划，所以我帮她作出安排，闪亮登场。如我所愿，马克果然暴跳如雷，咬牙切齿。您也知道，诺里斯小姐是位专业的演员。我不用教她怎样表演。我装得像男孩子一样偷着乐，不夹杂其他情绪，表现得就像是纯粹为了开个玩笑——既为了吓唬马克，也为了吓唬其他人。

正如我所料，当天晚上他来找我，依旧是一副忿忿不平的样子。诺里斯小姐也为此上了红宅的黑名单，我为此还做了特别的记录，"永不邀请"。在马克看来，这是极其无理的羞辱。但是他还顾忌着自己热情好客的好声誉，没有现场发作，而是准备在次日将她赶出红宅。所以"好客"之情使然，诺里斯小姐得以幸免，但红宅的大门已经对她永远关闭了——马克对此十分确定。所以我必须帮他做下特别记录。

我安抚着他，帮他梳理乍起来的羽毛。诺里斯小姐太不像话了，但是马克必须尽量掩饰自己对她的厌恶，当然她不会再来了——这很明显。这时，我突然大笑起来，马克愤怒地瞪着我。

"笑够了没？"他冷冰冰地问。

我继续大笑着。

"我刚刚在想，"我说，"要是你能报复一下，就会更有趣了。"

"报复？你什么意思？"

"唔，比如说，以眼还眼，以牙还牙。"

"你是说，再吓唬她一回？"

"不，不，但是你可以化化装，戏弄她一下。让她在众人面前出丑，"我再次对自己大笑，"然后取笑她"。

他激动地跳了起来。

"天哪，凯伊，"他尖叫道，"不过我行吗？应该怎么做？你得帮我想个主意！"

不知道贝弗利有没有向您提过马克的表演才能。他在所有的艺术门类面前都是个门外汉。不过说到表演，他认为自己还是蛮有天赋的。毫无疑问，他在舞台表演上算是有点天赋，不过前提是戏台班子是他自己雇来的团队，下面坐着的观众也是得过他小恩小惠的人。虽然专业演员他无法胜任，不过作为业余演员来出演主角，他倒对得起地方报纸的那些吹捧之词。所以我的主意就是：在那个戏弄过他的专业女演员面前，搞一场私人表演，满足他对报复的渴望。如果他,马克·阿博莱特,凭借过人的演技,能让露丝·诺里斯在众人面前出个大丑,今后每次遇到她还可以肆意取笑,那对他来说这种报复简直太值了!

"你是不是觉得太孩子气,吉林汉姆先生?啊,可惜你并不了解马克·阿博莱特!"

"凯伊,我应该怎么做?"他着急地问。

"嗯,我还没完全想好,"我推诿道,"只是个构思而已。"

他开始自己冥思苦想。

"我可以装成一个演艺经理,到乡下来探望她——不行,她认识所有的演艺经理。那你说,扮演记者怎么样?"

"太复杂了,"我边想边说,"你的脸长得太有特点了,你知道吗,还有你的胡子——"

"胡子可以剃掉,"他断然说。

"亲爱的马克!"

他转过身去,喃喃自语,"我一直都想把胡子剃了。而且,如果我想做一件事,就必须做好。"

"没错,你一直是位艺术家。"我用欣羡的眼光看着他。

他呜呜地哼着,似乎很受用。他一直希望别人对他的艺术天赋做出认可。现在我很清楚,这家伙已经落在我的掌控之中了。

"这没用,"我继续说,"就算剃了胡须,别人还是能认出你来。除非,当然——"我故意停了下来。

"除非什么?"

"除非你装成罗伯特,"我又开始自顾自笑起来,"天哪!真是个馊主意。装成罗伯特,那个败家子哥哥,让诺里斯小姐感到作呕,跟她借钱,还可以做些其他的趣事儿。"

他看着我,一双小眼睛闪闪发亮,热切地点着头。

"罗伯特就罗伯特,"他说,"很好。我们该怎么做?"

罗伯特的存在确有其事,吉林汉姆先生,毫无疑问,你和探员都已经了解了大概。他确确实实是个败家子,的确去了澳大利亚,但是从来没在星期二下午到过红宅。他也来不了,因为三年前他就已经死了,一直孑然一身。但是在这儿,除了我和马克,没人知道他的死讯。马克成了家中的独苗,因为他的姐姐也在去年去世了。当然,我也曾经担心他姐姐可能知道罗伯特的生死,不过现在已经没人知道了。

接下来的两天内,马克和我一直在做着计划。您也明白,我们两人的目的大不相同。马克是想把自己的骗局延续那么几个小时,而我的计划则是让他下地狱。他要骗过的只不过是诺里斯小姐和其他的客人,而我却是想要他的命。"罗伯特"会被枪杀,而马克则会踪影全无(那是当然)。任何人都会认为是马克打死了罗伯特。但是你瞧,马克必须从头至脚彻底投入他最近这一次,也是最后一次角色扮演,才能保证骗过旁人。吊儿郎当的心态对我则是致命的。

您可能会说,既然重要,就要把事做得万无一失。但我想再次提醒您,您根本就不了解马克。他现在正一门心思地幻想着成为自己最为心仪的角色——艺术家。哪怕是没有人扮演奥赛罗的时候，会把自己从头到脚都涂黑。总之，他把胡子剃了个干净——也可能是诺伯莉小姐的一句话起了作用，她不喜欢男人留胡子——但对我来说，还有一件事很重要：死人的双手不应该留着那种经过修饰的绅士指甲。不过只用了五分钟，我们的艺术家就把这事处理好了——他在指甲上胡乱剪了几刀。我曾经对他说过："诺里斯小姐立刻就会注意到你的双手。而且，作为一名艺术家——"这句话简直太管用了。

内衣也是个重头戏。我几乎都不用提醒他，他就注意到了自己的长裤会暴露袜子的上沿，作为一名精益求精的艺术家，他必须穿一条"罗伯特"风格更为明显的长裤。我特意到伦敦帮他购置了衣服以及其他行头；而且就算我没有帮他剪掉衣服上的标签，他也会迫不及待地代劳：作为一名艺术家，来自澳大利亚的访客自然不会穿着挂有伦敦东区店铺标识的内衣裤。没错，我们确实把事情做得万无一失，只不过，他的角色是"艺术家"，而我是——好吧，愿意的话，你们可以把我当成凶手。反正我现在也不介意了。

我们准备就绪。星期一早晨，我去了伦敦，并且以罗伯特的口气写了封信邮过来。（马克再次体会到了严谨的艺术家的感觉。）同时，我买了把左轮手枪。星期二早上，他在早餐桌边宣布罗伯特的到访。于是，我们有六个证人可以证明，罗伯特当天下午要来红宅。按我们的计划，罗伯特将在下午三点登场，其后不久外出打高尔夫的客人们就会归来。女佣去找马克，但是找不到，于是她折回办公室，发现我在替缺席的马克招待罗伯特。我会向她解释，马克外出了，接着我亲自把罗伯特带到茶桌边。没有人会对马克不在家产生怀疑，因为人们普遍认为——罗伯特也会提到——他怕见这位兄长。然后，罗伯特对客人们表现得粗野无礼，当然主要针对诺里斯小姐，直到马克认为大仇得报方会罢休。

这是我们两个人约定的计划。不过我可能会说这是马克一个人的计划，因为我的想法完全不同。

早餐进展得相当顺利。当客人们外出打高尔夫球之后，整个上午我们都可以用来实施计划。此时我主要考虑的，是要让罗伯特这个人物形象尽可能地确立。因此我建议马克在打扮停当之后，先通过密道去往保龄球场，再沿着公路走回来，并且和酒吧老板聊聊天，但一定要谨慎，不能暴露身份。这样一来，关于罗伯特的到访我就又多了两个人证——其一是酒吧老板，其二是在宅前草地上干活的花匠。马克欣然同意。对看门人说话的时候，他可以装出澳大利亚口音。他老老实实地按计划钻进了我的每一个圈套，真有趣！恐怕世上从没有过一个被害人像他这样精细地谋划自己的死亡。

他在办公室换上罗伯特的衣服——因为对我们两人来讲，这都是最稳妥的方案。等他换好衣服，就把我叫了进去，让我检查。确实非常出色，他完全变成了另一个人。我觉得，他浪荡成性、挥金如土的气质一直都明明白白地写在了他的脸上，但在以前却被胡子掩盖了。如今，胡子剃光了，我们一直尽力掩饰的东西暴露在光天化日之下，他根本就不是在扮演败家子的角色，实际上,他就是。

"我的天,你看上去棒极了!"我说道。

他得意地笑了起来,还顺便向我展示了我以往没有发现过的艺术天分。

"太棒了,"我再次自言自语道,"别人肯定看不出什么破绽。"我提前一步来到门厅,那里空荡荡的,一个人也没有。我们迅速穿过门厅,进入书房,他一头钻进密道;我回到卧室,将他换下来的衣服收集起来,结成一束,拿着衣服返回密道,然后坐在门厅中耐心等待。

您也听到了女佣史蒂文斯小姐的证词。正当她前往圣堂寻找马克的时候,我则快步走进了办公室,手就插在裤子的边袋中,握着左轮手枪。

他倒是迅速进入了罗伯特的角色——说了一大堆冗长无聊的废话,无非是在澳大利亚的生活,虽然这是源自我的授意。然后他又切换到了正常的声音,为精心谋划的向诺里斯小姐复仇的计划自鸣得意,他突然间蹦出一句"现在轮到我了,你等着",正好让艾尔熙听个正着。她本不该在外面,险些毁掉我的计划,但却阴差阳错地成了人证,这样一来我的证词就不再是一面之词;她证明了马克和罗伯特在案发之前确确实实共处一室。

我一直一言不发,根本不想暴露自己的位置——因为我当时就在办公室里面。我只是冲着那个白痴微笑,然后掏出左轮手枪,结果了他。之后,我返回书房静待——就像我在证言中所指出的那样。

您能想象吗，吉林汉姆先生，当您出现在现场的时候我有多震惊！你能想象"凶手"本觉得自己算无遗策（至少他自己是这样认为的），却突然发现事态冒出了一个新问题的心情吗？您的到来究竟会产生怎样的结果？我不得而知。也许您是无害的，也许您会搞砸一切。而且我还发现，我竟然忘了开窗户！

我不知道你是否觉得谋杀马克的计划是个聪明的计划。也许还不够好。但是，如果要夸奖我的话，我想最值得骄傲的还是当我面对你这么个不速之客的时候，还能迅速恢复镇定。是的，吉林汉姆先生，我在您的眼皮子底下悄悄打了一扇窗，而且您仁慈地评价道：这扇窗确实能够左右您对案情的论断。至于钥匙——是的，您很聪明，但还是不如我。在钥匙问题上，我骗过了您，吉林汉姆先生，因为我通过书房穿过密道，偷听到了您和贝弗利先生在保龄球场的谈话。我当时躲在哪儿？啊，您可以研究一下那条密道，吉林汉姆先生。

我还能说些什么呢？我骗过您了吗？您已经找到了秘密的所在——"罗伯特"即是马克——这就足够了。至于您是怎么发现这个秘密的，我无法得知。我在哪里做错了呢？可能从一开始就露了马脚，而您一直在一边看着我的个人表演。可能您已经知道了钥匙的秘密，窗户的轨迹，甚至连密道的所在都摸得一清二楚。您是个聪明人，吉林汉姆先生。

不过我手上还有马克的衣服，我本可以把它们丢在密道里，不过这密道已然泄露了，诺里斯小姐知道它的存在。可能这是我计划中唯一的疏漏，因为为了推行接下来的步骤，密道总归是要暴露给诺里斯小姐的。所以我把衣服藏进了池塘，当然这是在探员打捞一遍之后的事儿了。伴随着这些衣物的，还有两把钥匙，不过左轮手枪我没有扔。幸好没有扔，对吧，吉林汉姆先生？

写到此时，我认为所有的信息都已经向您详述清楚了。这是一封长信，有可能是我写的最后一封信了。曾经有一段时间，我还憧憬着，在马克死后我会有一个幸福的未来，不是留在红宅，也不是孑然一身。也许这种想法只是白日做梦，因为实际上在她心目中，我与马克一样一文不值。但是，我本来能够给她幸福的，吉林汉姆先生。上帝啊，我会多么努力工作，让她幸福！但是现在，一切都不可能了。杀人犯难道真的就会比酒鬼好些吗？马克就是为了这个而死的。今天上午，我又见到了她，她真可爱。这世界，太难理解了！

呵，呵，现在我们都不在了——阿博莱特家族和凯莱家族，一个都不剩。真不知道已经作古的凯莱祖父会怎么想，不过，也许我们都死绝了，反倒是好事儿。不过萨拉本身并没有什么错——就是脾气急了些，还长了个阿博莱特家族的鼻子——你完全无法想象。她没能留下子嗣真是太好了。

别了，吉林汉姆先生，您首次来到红宅就让您有如此的遭遇，真是抱歉，不过如果您想一下我的处境，可能就能释怀。别让比尔把我想得太坏。他是个好人，希望您以后多关照他。他可能会吓一跳，不过年轻人都是这样。非常感谢您能允许我以自己的方式做个了结；我想，您对我还是有些许同情的。真希望在另一个世界，我们能成为挚友——我和您，以及我和她。您可以把来龙去脉都告诉她，也可以选择不说；我相信您是有分寸的，知道怎样做最好。再见了，吉林汉姆先生。

马修·凯莱

今晚没有马克的陪伴，我感到有些孤独，真荒唐，不是吗？

第二十二章　贝弗利先生继续向前

"我的上帝!"比尔放下信,惊叹道。

"我就知道你会有如此感慨。"安东尼喃喃道。

"安东尼,你早就搞清楚来龙去脉了?"

"只是猜到了其中的一部分,也不是全都知道。"

"我的上帝啊!"比尔再次感慨着,重新读着信,片刻之后他又抬起头来,"你给他的信中都写了什么?昨晚寄出去的?在我去了斯坦顿之后?"

"对。"

"你是怎么写的?你已经发现罗伯特是马克假扮的了?"

"是的,至少我向他提到今天早上会向文普尔大街的卡威特先生发电报,进行确认。"

比尔突然叫出声来:"好,现在请你解释一下。昨天你突然装得像个福尔摩斯。我们一直是并肩作战的,你会告诉我你所有的想法,可是突然间你就开始故弄玄虚,说一些不着边际的话——我没说错吧?又问我牙医,又问我他会不会游泳,还有什么犁马酒店——好,这跟案子有什么关系?你就这么消失了,我还不知道我们究竟在谈论些什么!"

安东尼大笑起来,随即道歉:

"非常抱歉,比尔。我也是突然间想明白的。就在过去的半个小时里,案件突然间就走到了尽头。我现在就把一切原原本本地告诉你。不过案情你基本上已经明白了,所以其实没什么可说的。当你知悉了全部细节,你就发现真相是多么的明显。至于文普尔大街的卡威特先生,我当然需要他去指认尸体。"

"为什么要找个牙医去指认尸体?"

"还有更好的人选吗?你行吗?你没和他一起洗过澡,自然看不到他的裸体。他还不会游泳。其他医生呢?除非马克得过什么大病,需要做手术,但这条路也行不通。但如果他频繁造访牙医的话,我想牙医应该能够胜任这项工作。因此,文普尔大街的卡威特医生实在是不二人选。"

比尔若有所思地点着头,继续看信。

"我明白了,所以你告诉凯莱,你会让卡威特医生去帮忙辨认尸体?"

"没错。然后他就会明白,苦心经营的一切都会暴露。只要我们知道,尸体是马克的,而不是罗伯特,真相自然大白。"

"那你又是怎么知道的?"

安东尼离开早餐桌,开始把烟丝塞进烟斗。

"我起初也不能肯定,比尔。你应该学过代数,假设答案为 X,然后你把 X 解出来就行了。不过这只是一种方法,还存在另一种,在学校的正规课堂上你是学不到的,那就是'猜答案'。

假设答案是 4，好，代进去看看，能不能满足题目的条件？不行，那么试试 5；还是不行，再试试 6……以此类推。探员、验尸官还有许多人都在猜答案，有个答案看似能满足条件，但你我知道实际上它满足不了题目中的每个条件。所以，我们得出结论：这个答案是错的，那么就试试另一个——结果那个答案能够解释所有疑问。好吧，我居然猜对了。有火柴吗？"

比尔递过一盒火柴，安东尼点燃了烟斗。

"好，但这还不足以解决我的疑问，老伙计。肯定是你突然之间想到了什么。顺便说一句，如果你不介意的话，请把火柴还给我。"

安东尼大笑着，从口袋中掏出火柴盒。

"抱歉——那么，我看看你能否顺着我的思路重新推演一遍案情，找到答案。首先，是衣服。"

"衣服怎么了？"

"对凯莱来说，衣服是至关重要的证据。一开始我没有想明白，但随即意识到，要是站在凯莱的角度设身处地地想想，即使最小的线索也可能具有不成比例的高价值。所以，出于某种原因，凯莱夸大了马克在星期二早上穿过的那些衣服的重要性。所有衣服，外衣加内衣。虽然我不知道他的目的，但我可以肯定，他是无意中漏掉了那只假领子的。也就是说，当他把马克的衣物收起来打包时，他没看见假领子。这是为什么呢？"

"就是在脏衣筐里发现的那个？"

"对，应该就是了。为什么凯莱单独将它丢弃在这儿？很明显，答案就是，他也没有注意到这个假领子。我还记得你抱怨过马克苛求的性格，囤积了一大堆衣服，而且还是那种永远保持光鲜亮丽的角色，同样的假领子决计不会戴两遍。"他停顿了一下，然后问道："是这样吗？"

"绝对是这样。"比尔确信地说。

"唔，我猜也是。所以，我开始发现，这个 X 满足了'衣物'部分的条件。我几乎看到马克在换衣服，他本能地把假领子扔进脏衣筐，这是他平常脱下假领子时的习惯动作。可是其余的衣物，他都放在椅子上，这也是他的习惯动作。后来，凯莱把他的衣物——也就是所有看得见的衣物——收集起来，唯独漏掉了假领子。"

"继续。"比尔急切地说。

"嗯，虽然对此十分确定，我还是需要进一步的解释。为什么马克选择在楼下换装，而不是在楼上自己的房间？唯一的解释就是，他想做得隐秘些。那么他是什么时候换的衣服？只可能是在午饭（因为有用人的目击）之后，罗伯特到访之前。那凯莱又是什么时候去脏衣筐收衣服的呢？答案同样是'罗伯特到访'之前。所以问题产生了，我们需要找到一个满足以上三个条件的 X。"

"所以合理的解释就是，谋杀并非临时起意，而是在罗伯特来访之前就计划好了的？"

"正确。但是现在，只凭那封信，我们还不能将案情定性为蓄意谋杀，除非在这封信背后还有许多我们不知道的秘密。光是把衣服换了,准备逃跑,还不足以策划一场谋杀。那也太幼稚了。况且,如果他们打算杀掉罗伯特,那为什么当着你们的面宣布他要来?马克甚至还专门跑去告诉诺伯莉小姐,这岂不是自寻死路?我想不出原因。但是,我开始觉察到罗伯特不过是个幌子,背后隐藏着凯莱针对马克的图谋——要么让他杀了哥哥,要么反之,而因为某些无法说明的原因,马克却把自己搭进去了。"

他停了一会儿,几乎是在自言自语道:"我在碗橱里,发现了一堆白兰地的空瓶子。"

"别提这事儿了。"比尔抱怨道。

"我是无意间发现的。你应该还记得,当时我在找那个假领子。不过这些关于空瓶子的记忆却在之后点醒了我。可以想象到凯莱的心情——可怜的家伙。"

"继续。"比尔命令道。

"好吧,然后就是审讯当天。我注意到——我想你应该也注意到了——罗伯特前往红宅会经过两个门房,但他却在后一间问路,很奇怪不是吗?所以我和阿莫斯、帕森斯聊了聊,得到的答案更加离奇。阿莫斯告诉我说,罗伯特当时走下公路与他说话;事实上,他是在叫他。帕森斯则说,他老婆整个下午都待在第一个门房里,她敢肯定罗伯特从没从那儿走过。他还告诉我,凯莱命令他那天下午在门前的草坪上干活。所以我又有了新的猜想:罗伯特是从密道过去的!这一定是凯莱事先和他串通好的。但是,罗伯特从书房钻进密道,又怎么瞒得过马克的眼睛?显然,马克也知道。这意味着什么?"

"你是什么时候打听出来的?"比尔打断道,"就是在审讯结束之后——当然,就是在你和阿莫斯、帕森斯单独接触的时候?"

"没错。我起身离开他们之后,就过来找你。我得再调查一下那些衣服。为什么马克要选择一个隐蔽之处换装?为了改换身份?可是他的相貌不会露馅吗?这可比换衣服重要得多。他的脸,他的胡子——他必须剃光胡子——然后——哦,笨蛋!正好我看到了你们的海报。马克出演,马克的妆容,以及马克的打扮。哦,我这个无药可救的傻瓜!马克就是罗伯特——火柴,谢谢。"

比尔再次递过火柴,等待着安东尼重燃烟斗,然后及时夺回了火柴,以防对方再次顺手牵羊。

"好,"比尔若有所思地想着,"对得上——不过稍等一下。'犁马酒吧'又是怎么回事?"安东尼一脸笑意地看着他,

"要是我说清原委,你肯定不会原谅我,比尔。"他说道,"以后你就不想与我合作了。"

"你什么意思?"

安东尼叹了口气。

"毫无目的,华生。我只是希望你能离开一会,我想要自己好好理理头绪。我想验证一下,得到的 X 是否能满足我们已经发现的所有条件。我只是想一个人待一会儿,仅此而已。所以——"他微笑着,继续说道,"我要把你支开,去喝一杯。"

"你这个混蛋,"比尔恶狠狠地瞪着他,"我告诉你有个女人过去住店,你还表现得很感兴趣——"

"唔,你跑了这么大一通,总不能让你空手而归吧。"

"你这个禽兽!你——你这个缺德的福尔摩斯!还三番两次想偷走我的火柴!好吧,继续讲。"

"我说完了,X 代入条件,完美成立。"

"那诺里斯小姐的事情,也是你猜到的?"

"唔,不尽然。我压根没有想到凯莱如此深谋远虑——竟然把诺里斯小姐也拉入自己的复仇阴谋。他看来是想抓住所有的机会进行反扑。"

比尔静默了一会,然后抽了几口烟斗,慢吞吞地说道:"凯莱自杀了吗?"

安东尼耸耸肩。

"可怜的家伙,"比尔唏嘘道,"不过你还能给他一个机会,这样很好。我欣赏你的做法。"

"你知道,我忍不住,想帮他一把。"

"他真是个聪明鬼。要不是你,真相可能会埋藏一辈子。"

"谁知道呢。整个计划非常巧妙,但往往越巧妙的事情,越容易暴露。站在凯莱的角度,最麻烦的事是:马克虽然失踪了,但是活不见人,死不见尸。对于一个失踪者来说,这可有点古怪?慢慢他的罪行就会被发觉,他也许不是个职业杀手,但像马克一样,是个业余罪犯!也许人们永远不知道他如何把马克干掉的,但是我想,随着时间推移,人们早晚会醒悟过来——就是他杀了马克!"

"嗯,但还有件事儿我想不明白……哦,告诉我,马克为什么要把他这个已经不存在的哥哥告诉诺伯莉小姐?"

"我也想不通,比尔。也许,他在演奥赛罗——把自己从头到脚都涂黑吧?我的意思是,他可能完全投入了罗伯特这个角色,以至于自己几乎也相信罗伯特活过来了,所以他会去告诉任何人。另外,还有一种可能,他觉得既然告诉了红宅里的所有客人,那么最好也跟诺伯莉小姐说一声,万一她遇到你们,而你们又提到罗伯特要来,她可能会说:'哦,我敢肯定他没有哥哥,如果他有,他会告诉我的。'这样一来,精心炮制的计划就露馅了。最后还有一种可能,就是凯莱让他说的,显然凯莱希望知道罗伯特的人越多越好。"

"你准备把事情的经过通知警方吗?"

"嗯,不过我猜他们已经知道了。凯莱可能会留下另一份自白书。我希望他不要牵扯上我,你看,从昨晚开始,我的行径就和案犯差不多。我现在必须去见见诺伯莉小姐。"

"我还得问问你,"比尔解释道,"因为我要见,见——贝蒂,也就是卡勒汀小姐。她肯定会问个究竟。"

"可能很长一段时间你都见不到她了。"安东尼悲伤地说。

"其实,我知道她马上就要去巴灵顿。我明天也得过去。"

"唔,那你就跟她说吧。你也肯定期待着。只是让她这两天先保持缄默。我会写信给你的。"

"好嘞!"

安东尼敲出烟斗中的余灰,站起身来。

"巴灵顿,"他说道,"有个大型的社交晚会,是吗?"

"我想是吧。"

安东尼对着自己的老友微笑道:

"好。那么,如果晚会期间有人被谋杀了,你大可以叫我过去。刚当上侦探,手还真痒呢。"